景子の碧い空

服部達和

鉱脈社

景子の碧い空

一

私は東京の某大学の学生です。今年は入学して三年目です。私の名前は内緒です。なぜ秘密と言わず、内緒と言ったのか、それは少し前に、大学二年生の時だったでしょうか、学校の近くの某公園で小さな女の子と出会った時のことに因《よ》ります。私は昆虫が大好きです。時々この公園の叢《くさむら》で昆虫を探しています。とその時、小さな女の子が私に近付いてきて、

「お姉ちゃん、何してんの」と聞いたので、

「虫を探してるのよ」と答えると、

「お姉ちゃん、いくつ」と言うので、

「秘密」と言うと、その少女は少し考えて、

「秘密って内緒ということなの」

と言いました。そこで、小さい子には「秘密」より「内緒」が分かり安いのだと思いました。そうです。童謡に次のようなものがあります。

「ないしょ、ないしょ、ないしょの話はあのねのね。にこにこにっこり、ねえかあちゃん」

その女の子がこの童謡を知っているのか、いないのかは分かりませんが、やはり小さな子供にとっては「内緒」なのでしょう。「内緒」は「秘密」より多くの人々に伝わる言葉なのだと思います。

「内緒」というと、私と同学年の一人の男性にも、内緒にしていることの多い人がいます。その人はもう大人なので、「秘密」の多い人といってもいいと思います。その男性はどうも私と同学年であるようなのですが、年齢は不詳です。私は高校を卒業して大学牛になっていますが、その男性は一度社会人として生活した後、もう一度大学生となったようです。最近は現役の大学生だけでなく、社会人の大学生も多くなってきています。そして、大学の授業を受ける時の熱心さは、現役の大学生よりも、圧倒的に社会人の大学生の方が勝《まさ》っています。

小学校から高校までは、同学年の児童、生徒が同じ教室で授業を受けますが、大学生になると自分で受ける授業を選択します。私が選択している授業と、その男性が選択しているものとは基本的には違っていますが、一年生だった頃から、たまに同じ授業を受けることがありました。社会人学生は熱心なので、教室での座席でも前列で、教授の講義に熱心に耳を傾けています。その秘密の多い男性も座席は教室の前方が多かったので、私はなんとなく、その人の存在は知っていました。教室以外では、校内図書館でよくその男性を見掛けました。図書館では、なにか古めかしい地図を、自分の座ったテーブルの上に広げ、開架式の書架からいろんな本を持ち運び、なにか熱心に調べていました。単なる私の勘にしか過ぎませんが、調べている内容は大学の授業とは全く関係がないのではないかと思いました。その様子に関心を示さなければ、ごく普通に一般の人が図書館で調べ物をしているのに過ぎません。

図書館の内部は、他の大学の図書館や公立の図書館とほぼ同じです。利用者も日によって多い日があったり、少なかったり、少しずつ日によって変化はありますが、その内部風景は特に変わったことはありません。

最近の大学生はあまり読書をしなくなったとよく世間では言われますが、結構スマートフォンでニュースを観たり、いろんな記事を読んだりしています。確かに直接、本に触れることは少なくなっていますが、だからと言って情報量が少ない訳ではありません。本を読む人が少なくはなっていますが、「本の虫」と言われる読書好きな人は、やはり現在の若者の中にも居《い》るにはいます。でも読書派は少数でインターネットで情報を得る人々が多数派を占めているのは確かです。

歩きながらスマートフォンを操作したり、人によっては自転車に乗りながら、また車を運転しながらスマートフォンを利用している人もいます。最近は視線が自分の前方ではなく、下を向いた視線のままで、前進する人が多くなってきています。以前、『上を向いて歩こう』という歌が流行した時代があったと聞いています。上を向くことによって、日常とは違う風景を見ることが出来ます。『見上げてごらん夜の星を』という歌も流行したそうです。私達は夜空の星々を見上げているでしょうか。私は少数派の一人だと思いますが、時々夜空を仰ぎます。夜空の月や星々は本当に素晴らしいです。月は地球の唯一の衛星ですが、地球を公転するのに約二十七日かかるそうです。そして地球に対して月の表面だけを向けていることは、約二十七日で一回自転していることになります。私には地球から月の表面だけが見えて、裏面が見えないことが不思議です。我々人類が誕生する以前から現在も月の裏面が見えないのは、どうしてなのでしょうか。地球から見て、月の新月から三日月や上弦の月を経て満月となり十六夜月や下弦の月を経て新月となるのに、約二十九日半かかると言われています。宇宙の日時の経過が人間側からみると、数字のうえで中途半端であるのも、また不思議です。月が地球を公転するのが約二十七日で、地球から見た月が、地球を一周しているように見えるのが約二十九日半ですから、そこに生じる約二日半の差は、地球が約一年で太陽を公転しながら移動していっているからだそうです。

地球は、約二十四時間で一回自転し、約三百六十五日で太陽を一周公転し、太陽系の他の惑星、衛星、彗星等と共に、規則正しく天の川銀河を移動していっています。天の川銀河には無数の恒星、惑星、衛星等が存在し、天の川銀河以外にもたくさんの銀河があり、宇宙は広がっていっているのだそうです。宇宙誕生は約百三十八億年前のビッグバンからだと言われ、太陽の誕生が約五十億年前、地球の誕生が約四十六億年前だと言われています。地球上で生命が誕生し、微生物、植物、動物から人類誕生へと進み、人類は宇宙を見続けています。

地球から約三十八万キロメートル離れた月の直径は地球の直径の約四分の一で、地球から約一億五千万キロメートル離れた太陽の直径は地球の直径の約百九倍もあるのに、地球から見ると月と太陽はほぼ同じ大きさに見えるのだそうです。太陽は自ら光を発している恒星なので、太陽の光を反射している衛星の月より、私達には太陽の方が大きく感じますが、日食や月食を考えてみると、地球から見た太陽と月の見かけはほぼ同じ大きさだそうです。不思議だと思いませんか。

太陽系の惑星では金星が地球に最も近いのに生物は生きていけませんし、火星は最も地球に似ているのに、やはり生物は生きていけません。碧《あお》い地球だけが、生物が生きていける唯一の惑星だそうです。我々の太陽を中心として太陽系が形成されていますが、その太陽系は天の川銀河の隅を周回して進んでいっているに過ぎません。太陽系外で最も近い恒星はケンタウルス座のアルファ星で、その距離は光の速さで約四・三光年ですから、太陽と地球間の約二十九万二千倍の距離の遠さだそうです。そのアルファ星という恒星が我々の太陽に最も近く、それ以外の、銀河の恒星は無数に存在するのだそうです。地球上から夜空を見上げた時の星座では、しし座、おとめ座、こと座、はくちょう座、わし座、さそり座、アンドロメダ座、オリオン座、おおいぬ座、ふたご座、ぎょしゃ座、おおくま座、カシオペア座等が有名ですが、千年前、二千年前の人々も今と同じ星座を見上げて、世界中でいろいろな星座の物語が作られています。

しかし、この動かないように見えている恒星も、非常に長い年月には少しずつその位置を変えていくのだそうです。信じられないような大宇宙の物語です。永遠の時間の流れ、永遠の宇宙空間の広がりの中で、我々人類はこの碧《あお》い地球の中で生まれ、その中で生活していき、そして人々は次の世代へと命を伝え、受け継いでいくのではないでしょうか。長い長い宇宙の歴史の中では、我々人類の歴史は本当に短く、その中でも一人ひとりの一生は百年もないくらいです。

地球が誕生し、大気が出来《でき》、海が出来、陸が出来、海の中に微生物が発生し、植物や動物が育ち、人類が誕生した後も自然の恵みの中でこそ全ての生物が生きてこられたのだと思います。我々人類も本当は自然の摂理の中で、自然の恵みを受けて生きていくことこそ、本来の生き方だろうと思います。ところが自然の恵みの中で生活していた人類も、西暦一八〇四年にイギリスで蒸気機関車を走らせ、一八八五年にドイツで自動車を走らせ、一九〇三年にはなんとアメリカのライト兄弟が飛行機で空を飛びました。昔から確かに鳥のように空を飛ぶというのは人類の夢だったのだとは思います。産業革命から百年くらいまでが、人間らしい生活が出来た時代だったのではないでしょうか。それから百年以上が経過し、我々人類はもう取り返しのつかない所にまで来てしまっています。原子爆弾や環境汚染等、そう簡単には解決出来ない問題が頻出しています。コンピューターを駆使した人工知能は遥かに人間の能力を超えています。

ここにこのように述べてきたことは、私にとって、多くは小学校、中学校、高校の理科の授業で勉強してきたことです。秘密の多い同級生の男性は、これらのことを大人になってから自分で勉強したらしく、全体的には私とほぼ同じ意見を持っているようです。二人共に現在は大学三年生ですし、一年生の頃から知り合いになっていますので、約二年間と少々、お互いに意見を戦わせてきています。戦わせると言うと、少し言葉がきついので、意見を交換し合っているということでしょうか。お互いが一年生だった頃は約五〇パーセントくらい意見が一致していましたが、現在は約七五パーセントほぼ同意見になってきています。私が考えを変えたのか、秘密の多い小父《おじ》さんが私の考えに同調してきているのか、それはっきりとはしませんが、その両方ともあるのだと思います。小父さんの意見では日本は昔「大和の国」と言っていたので、大きく和して相違を一致させるのは、日本人として当然だと言っています。

この大きく和することを良しとしてきた「大和の国」日本も歴史の中で、長い間国内戦争を操り返し、外国とも戦火を交え、大きな集団としても、小さな集団としても、常に戦い続けているようです。世界中が大和の国々であってほしいいし、国内でも大和の国であってほしいし、家族や個人でもお互いの和を尊び合う人間関係であってほしいと思っています。

小父さんと約二年間、話し合いをするうち、二人の意見が一致する点は多くはなっていますが、話全体の四分の一ぐらいはなかなかお互いの意見は噛み合いません。違う人間同士ですから当然と言えば当然です。たとえ二人の意見が一致しなくても、お互いが自分の考えを伝えあい、相手の考えをよく聞き、相手のことを理解することは、とても大切なことだと思っています。

自然や地球や宇宙のこと等は科学的なことですから、小父さんと私はほとんど意見が一致しています。地球が一日で一回転自転するということは、地球の円周を一日の二十四時間で割ってみると、地球が時速何キロメートルで動いているのかが分かります。地球の一周は約四万キロメートルですので、それを二十四時間で割ってみると時速一六六七キロメートルの速さで自転しているということであり、それを秒速で計算してみると、一秒で約四六三メートルの速さで回転していることになります。音は一秒間に約三四〇メートル進むので、地球の自転の速度は音の速度よりも速いのです。

他の面からも地球の速度を考えてみると、地球が太陽を公転していく速度がどのくらいの速さなのかも計測してみることが出来そうです。地球と太陽との距離は約一億五千万キロメートルですので、地球が一年間で太陽を一周するのに、約九億四千二百万キロメートルを進むことになります。それを三六五日で割ってみると、一日で約二五八万キロメートルを移動していっていることになります。その地球の速度を日本の新幹線の速度と比較してみたいと思います。仮に、時速三百キロメートルで走り続ける新幹線の速度を一年間より五日少ない三六〇日で計算してみると、約二五九万キロメートルとなります。この距離は地球が一日で太陽を公転している距離とほぼ同じです。このように計算してみると、地球が太陽を公転している一日分の距離は、時速三百キロメートルで走る新幹線が約一年間走り続ける距離とかなり近いということになります。

地球はたった一日でも、すごい距離を移動しているのです。地球上で生活している私達には、地球がそんなにも速く動いていることは全く感じられません。約百キロメートルの大気を地球の引力で引きつけ、音の速さよりも速く自転しながら、太陽の周りを公転していくそのスピードは、地球上で生活している我々人類には全く感じられないのです。

また地球を取り巻く上空約百キロメートルの大気と宇宙空間との境目ははっきりとはしていなく、薄くなっていく大気と宇宙空間とが、そのまま融合していっているのだと思います。そして宇宙空間から地球に突入してくる隕《いん》石等を燃やしたり、大気のオゾン層等が、太陽から放出される様々の有害な放射線等を遮断し、地球上の生き物達を守っているのです。

他にも我々には感じることが出来ないものに磁気があります。地球の両極は北極と南極となっていて、北極から南極に向かって磁気が流れているのですが、我々には全く感じることが出来ません。鳥は動物の一種ですが、動物や渡り鳥によっては、地球の磁気を本能によって感じ取り、長い距離を移動しているものもいると聞いたことがあります。このような磁気の流れも、私には不思議です。しかし自然は人間に脅威も与えます。太陽フレアが太陽の黒点で発生するのですが、それが地球の磁場を乱れさせるのだそうです。一九八九年に発生した太陽フレアは地球の磁場を乱れさせました。カナダでその磁場の乱れが観測されました。二〇一七年九月六日に発生した太陽フレアでは、放出された大量の粒子が衝撃波となって、九月八日の午前七時に地球の上空に到達し、地球の磁場が乱れたそうです。その時、磁気嵐という磁気の不規則な変化が地球全般に発生し、地球上空にある電離層の乱れも観測されたのだそうです。

これらは人類が開発した通信機器等に影響を及ぼすのですが、我々人類は有り難いことに地球の大気によって守られているのです。四十六億年という永い地球の歴史の中で、次々と進化しながら発生し発展してきた無数の生き物達はお互いに関連しあい、碧《あお》い惑星である地球も無限の宇宙の中で他の恒星や惑星等と関連しあっているのです。身近な一例をあげると、地球上での潮の満潮や干潮でも、地球と月と太陽の位置関係で、満潮になったり干潮になったりします。人類も他の生物と関連しあっていますし、地球も他の全ての宇宙と関連しあっているのだと思います。

自然の摂理を考えて生きていくべきです。それなのに私達人類は、地球環境を壊す方向に進んでいるのではないかという気がしています。

人類は一九五七年に遂にロケットを地球外まで打ち上げてしまいました。ソビエト連邦がスプートニク一号を打ち上げたのです。そして一九六一年には、ソビエト連邦のガガーリン少佐がボストーク一号で宇宙空間を飛び、地球を回ったのでした。「地球は青かった」というガガーリン少佐の言葉は有名です。宇宙空間から見た碧い地球は本当に美しいのだそうです。一九六九年には、アメリカ合衆国がアームストロング船長達を月へ送ったのでした。その当時は、世界中の多くの人々が驚き、感動したのだそうです。人類の科学技術の向上の成果だとは思いますが、人間が地球外へ出ることは、人間の本来のあり方を超えてしまったのではないでしょうか。

このように人間が、本来の人間のあり方を超えてしまったものには、他にもたくさんあると思います。医学の発展にも目覚ましいものがあり、今では様々の病気の治療に新しい薬が使用されたり、医療機器が開発されたりしています。それらは多くの人命を救ってきているので素晴らしいことですが、昔の人からすると、臓器移植等は考えられなかった医学の発展ではないかと思われます。

他にも人間の能力を超えたものには、コンピューターから更に発展し、人工知能に至っていることです。今後どこまで科学技術が発展していくのか、我々人類がどんな世界へと向かっていくのか想像も出来ません。

人類全体だけでなく、個人の能力も現在では人間の能力を超えていると思います。ジャマイカのウサイン・ボルト選手は百メートルを二〇〇九年には一〇秒を切る九秒五八で走っています。車でいうとスピード違反です。二百メートルは一九秒一九で走っています。これもまた、スピード違反です。陸上競技では四百メートルも、それ以上の徒競走でもほとんどスピード違反です。マラソンだって四二・一九五キロメートルを二時間六分を切ってしまっているのです。もう個人の人間の能力を超えています。私から見ると、シンクロナイズドスイミングの世界のトップの競技技術はもう信じられません。体操競技やその他多くのほとんどのスポーツでも、もう人間とは思えない領域に入ってしまっています。

私は子供の頃から、これらのことは素晴らしいことだと思い続けていたのですが、あの秘密の多い小父さんが、さかんに「多くのことが人間の能力を超えていっている」と私に対して言っているので、私は少し小父さんの言葉に影響を受け、「まあ、そうかもしれないなあ」と思うようになってきています。私は小父さんの言葉にも一理はあると思いますが、やはり心の一部では医学の臓器移植や、地上約四百キロメートルを飛行する国際宇宙ステーションは素晴らしいと思っています。

秘密の多い小父さんから、少し影響を受けてしまった私も確かにここに存在していますが、逆に私から小父さんの考えを変えさせてしまったことだってあるのです。

小父さんは、以前には歴史上の地域の統治者や将軍等を英雄だと言って称賛していましたが、私がそれらの統治者等を批判することによって、私の意見に小父さんも同調するようになってきました。権力を握った人々はたくさんいます。平清盛、源頼朝、織田信長、豊臣秀吉、徳川家康、共和政ローマのカエサル、帝政ローマのネロ、フランスのナポレオン、モンゴルのチンギスハン、フビライハン等多くの英雄が出現してきましたが、これら多くの権力者達は戦争をすることによって、多くの敵を殺してきた人々です。以前には小父さんは、「世間には歴女と言われる歴史を好きな女性がたくさんいる」と盛んに言っていましたが、私は「確かに歴史好きな人々は多いのですが、あれはNHKの大河ドラマに出演している恰好よい男優さんの影響によるのではないでしょうか」と反論しました。

本当の歴史上の人物は、あのような恰好よい外観ではなかったはずです。殺すか殺されるかのものすごい形相だったはずです。生き残るためには卑怯《ひきょう》な戦術も使ったに違いありません。大河ドラマのストーリーは、映像を多くの視聴者に楽しく観てもらうために、原作者や編集者達が感動的な作品に作り上げているのではないでしょうか。一般的に、恨みを持ち、その相手を殺した人は殺人者となるのに、大きな組織の大将として多くの人々を殺した人は英雄となっていることは、実におかしなことです。人類はお互いに平和的に生活していくべきで、助けあっていくのが、大和の精神です。現在も過去も、人間同士が戦争をして殺しあうのは、決して許されることではありません。歴史上の英雄と呼ばれる人々の中には、確かに人間として尊敬できる人もいますが、決して尊敬できない人物も多いのだと思います。

私は小父さんに何回もこれらのことを話していましたが、そうしているうちに小父さんも段々と私に同調するようになりました。初めの頃には、小父さんの表情には「歴史上の英雄は、国をまとめ統一していった立派な人物だった」と明らかに確信のようなものがありましたが、私の話が積み重なるうちに、「そうだなあ」と小さくつぶやくようになり、小父さんは遠くを見詰める表情になり、何か寂しいものを感じさせるようになりました。そして私は、「この小父さんの過去に何があったんだろう」と思うと同時に、「この小父さんの秘密はいったい何だろう」とも思うようになりました。かといって、直接聞いても、答えてくれようとはしませんでした。

私が小父さんの考えを変えさせたいことが他にもあります。小父さんは人の心も世の中の様々な出来事も、実に複雑で、改良していくことも難しいし、改良していく努力も空しいと感じているようです。しかし、人間が生きていくのに、生命が存在する間は諦めてはいけないと私は思うのです。私自身は間違っていないと思うので、私は自分の主張を、小父さんに言い続けていくことにしています。出来事に関与していく方法には、確かに二人の考えは違っています。しかし、私が正しいと思っていることは、なんとか小父さんに伝えていきたいのです。

私はいろんな問題を解決していくには、単純に一番良い考えや答えを出し、それに向かって真っ直ぐに向かっていくべきだと思っています。ところが小父さんは、世の中や人生は複雑なので「直球勝負では、人間関係の難題は解決出来ない」と言うのです。その点で二人の考え方には違いがあります。小父さんの言うことも少しは分かるのですが、うまくいかないからと言って諦めてはいけないと思うのです。私が心配しているのは、小父さんは人間関係のことで少し諦めている所があるのではないかと思うからです。今まで話し合っていても、いくつかそのようなことがありました。

小父さんの考えでは、ソビエト連邦がボストーク一号でユーリ・ガガーリンを宇宙へ送ったことは素晴らしいことだと思ったということでした。アメリカ合衆国もそれから八年後の一九六九年にアームストロング船長を中心とした宇宙飛行士達を月に到着させました。その後はロシアやアメリカだけでなくヨーロッパでも日本でも宇宙開発が段階的に発展していきました。多くの国々が協力して地球から約四百キロメートル上空を国際宇宙ステーションが飛行し続けています。少し遅れをとった中国も中国人を宇宙へと送りましたし、中国独自で宇宙ステーションを飛ばし、月にも人を到着させたいと言っています。小父さんの考えでは、もう宇宙へのロケットの打ち上げはこのくらいでいいので、現在飛行中の国際宇宙ステーションへ中国も共同で参加し、世界各国が競争するのではなく、人類全体で協力してやっていくべきだと言っています。

小父さんが以上のように言っているのには訳があって、もうこれ以上宇宙へ人工物を打ち上げると、人間が出している宇宙ゴミで衝突事故を起こす可能性が高まっているとのことでした。もし宇宙ステーションに宇宙ゴミが衝突してしまったら大変です。

日本のロケット技術は、確かに素晴らしく打ち上げ成功率は世界一ではないかと思われます。しかし、アメリカ航空宇宙局は日本よりも歴史もあり、宇宙開発の先端を走り続けています。ヨーロッパ航空宇宙局と協力し、一九九七年に無人探査機「カッシーニ」を土星探査に向かわせました。二〇〇四年に土星に到着し、十三年にわたって土星を調べたようです。土星の衛星は六十個以上もあるそうです。大きな衛星の一つの「タイタン」に装置を降ろし地表を調べました。別の衛星「エンケラドス」の地表は氷に覆われ、地下に海が存在し、噴き出しているガスに水素が含まれているそうです。地球上の生命を育む要素がこの「エンケラドス」にはあるという発表でした。地球から土星までは約十二億から十三億キロメートルも離れているので、もう宇宙開発は私達の想像を遥かに超えています。それなのに、地球周辺の人工の宇宙ゴミは増え続けているのです。

宇宙開発の進展は目ざましく、宇宙の不思議の発見も素晴らしい発展をしているのですが、人類は宇宙ゴミの問題を解決してから、その後で宇宙開発を進めていくべきではないでしょうか。確かに磁力を使って宇宙ゴミを集め、地球の大気圏に突入させ燃やしてしまうという計画も進められているとも聞いたことがあります。でも、宇宙はもっと大きな力で動いているのであって、人間が何もしなくても、小惑星や彗星が地球に衝突する可能性は高く、地球の大気圏突入でも燃え尽きず、隕石が落下することもあるのですから、我々人類は自然に向かって人工物を挑戦させるよりも、自然の脅威から人類を守る方に力を注ぐべきではないでしょうか。

しかし、現実は次から次へとロケット等で各国が人工物を宇宙へ飛ばし、国単位だけでなく民間によっても宇宙開発が進められています。二〇一七年十月十八日だったでしょうか、日本の宇宙航空研究開発機構が、月周回衛星「かぐや」の観測データによって、月の地下に全長約五十キロメートルもの巨大な空洞を発見しました。月の表側にある「マリウス丘」の地下に直径と深さが約五十メートルの縦穴があり、その下に長さが約五十キロメートルの細長い空洞が存在しているのだそうです。そして、そこが月の探査基地に適しているのだそうです。宇宙航空研究開発機構は二〇三〇年頃までに日本の宇宙飛行士を送りたいと言っているのだそうです。そして、アメリカも再び月に人類を送りたいと言っていますし、中国も同じようなことを言っています。

次から次に人間が地球外に飛び出していくことで、宇宙空間で死亡事故が発生してしまうのではないかという心配があります。事故が発生しないように注意を重ねても、それでも事故が起きることは、車の事故、列車の事故、飛行機の事故、船舶の事故等で証明されています。地球外に人間が出ていき、宇宙空間で大事故が発生したら、その人は地球には帰って来られなくなってしまうかもしれません。こんなに悲しいことはないではありませんか。

地球上の乗り物でも、もうこれ以上開発しなくてもいいのではないかというものがあります。それらの一つは、リニアモーターカーです。東京—名古屋間を時速五百キロメートルで走らせようというものです。今までの研究や実験から作ろうと思えば作れることは確かです。新幹線が時速三百キロメートルで走るのなら日本の鉄道技術は更に向上しているので、五百キロメートルの速度でリニアモーターカーを走らせるというのは、向上の可能性の一面であることは認めます。でも、東京から名古屋まで早く行きたいのなら、わざわざ地下にトンネルまで作って走らせなくても、飛行機で行けばいいではありませんか。

二〇一六年十一月、九州博多の駅前の大通りで、地下の鉄道工事をしていて大陥没をした事故があったではありませんか。いくら技術を駆使しても、それでも事故は起きます。日本の地下で大地震が発生する可能性もあります。リニアモーターカー以外でも、ドローンの危険性も考えられます。飛行機、ヘリコプター、オスプレイ等の墜落事故があり、多くの死者も出ているということは、ドローンだって落ちます。最近では、ドローンで荷物の配送も計画されています。私達が外に出ると、前後左右に事故が起きないか注意していますが、ドローンによる配達が可能になりもっと頻繁に空を飛ぶようになると、上からもドローンやその荷物が落ちてきはしないかと気を付けなければならなくなってしまいます。

便利の良い生活へ向けての研究が進み、技術が向上していくことは確かに素晴らしいことなのですが、人命の安全や環境面に悪影響を与えないかをもっとよく検討した上で、本当に新しい乗り物等が必要なのか考えてほしいものです。

現在は、小父さんも私の考えに同調していますが、小父さんは子供の頃、新幹線に感動していましたし、リニアモーターカーが走るようになるのも楽しみにしていたそうです。そして、陸上では自動車のように走り、翼を出して広げ小型飛行機のように空を飛び、海では車輪を胴体に納め、ジェット噴射で海でも船のように進んでいけるような、そんな陸空海を自由に移動出来る乗り物が出来るといいなあと思っていたそうです。でも今では、小父さんは、それは理想であって、便利さだけを求め続けていると地球に悪影響を与えることになると思うようになっているようです。私の考えを小父さんは受け入れてくれているようです。

宇宙空間に人工物を残したままの宇宙ゴミにも困っていますが、なんと地球の中でも処理に困っているものに、使用済み核燃料から排出された核のゴミがあります。国内でも原子力発電所から出される核のゴミを、地下深くに埋めなければいけないらしいのですが、どこも埋めてもよいという地域は無いのだそうです。核のゴミの問題を解決してから、原子力発電所は建造されるべきだったのではないでしょうか。現在の人間が便利であるというだけでは、将来の子供達はあまりにも可哀相です。他にも、本当かどうかは知りませんが、日本国の借金は一千兆円以上だと聞いたことがありますが、こんなことでいいのでしょうか。これらのことも、小父さんに話すと、小父さんも納得してくれました。

私の考えでは、原子力発電をしないとすれば、当然太陽光発電や風力発電をもっと増やさなければいけないと思うのですが、小父さんは、日本は火山国なので地熱発電を増やしていくべきだと言っています。

原子力発電よりも、もっと怖いのは核兵器です。日本はアメリカとの太平洋戦争の時、広島と長崎に原子爆弾を投下されました。日本が世界で唯一の核被爆国です。もう決して世界中で原子爆弾が使用されてはいけません。ところが核の戦争抑止力といって核兵器を所有している国が数カ国あります。ロシア、アメリカ、中国、イギリス、フランス、インド、パキスタン、北朝鮮等の国々です。小父さんの考えでは、太平洋戦争以前に日本は朝鮮半島を植民地化していましたが、アメリカの日本への原子爆弾投下で日本が敗戦へと向かっていき、その時の核兵器の威力を当時の北朝鮮の指導者が強烈に感じ、核兵器を所有することこそ北朝鮮が朝鮮半島を統一するのに絶対必要だと感じたのではないだろうか、というものでした。

太平洋戦争で日本が負けると、日本の植民地から解放された朝鮮半島は北がソビエト連邦と中華人民共和国の支援で共産主義化を目指し、南がアメリカの支援で資本主義化を目指したようです。第二次世界大戦が終了する頃、ソ連や中国は共産主義や社会主義国へと向かっていき、北朝鮮を朝鮮民主主義人民共和国とし、アメリカ合衆国は南朝鮮を大韓民国として一九五〇年に朝鮮戦争が勃《ぼっ》発してしまいました。三年間戦争が続いた後、一九五三年に板門《パンムン》店《ジョム》で休戦協定が結ばれて、そのまま北朝鮮と韓国との休戦中の対立が続いているのだそうです。韓国は初め軍事政権だったらしいのですが、やがて政治的には民主主義を、経済的には資本主義を掲げ現在に至っています。それに対し北朝鮮は政治的には一人の総書記のような人物を中心として、私達から見ると独裁政権のようであり、経済的には共産主義や社会主義を掲げているようです。小父さんの意見では、政治的には独裁政治よりも民主主義がいいだろうし、経済的には資本主義では国民の貧富の差が広がってしまうので、平等な社会を目指す共産主義や社会主義がいいのではないだろうかということでしたが、世界的にみてみると、資本主義の方がうまくいっているということでした。このことも小父さんに言わせると、人間の生活は単純ではなく、複雑で矛盾しているということでした。

北朝鮮は、初代の故金日成《キムイルソン》主席の下《もと》、理想の共産主義を目指しましたが、なかなかうまくいかず国は貧しかったようです。二代目の故金正日《キムジョンイル》総書記の時代もやはりうまくいかず貧しかったようですが、日本にとっては非常に衝撃的な事件が発生していました。なんと金正日総書記の命令のもと、日本人が数人拉致されていたのでした。この事実が発覚した後、日本の北朝鮮に対する批判が急速に高まりました。日本人の拉致被害者達を一日も早く日本に帰してもらいたいという主張は当然の要求です。しかし、それがなかなかうまくいかず、事態は凍結したままです。

ところが、少し年代を遡《さかのぼ》ると日本人拉致被害者五人が日本に帰国しています。二〇〇二年十月十五日、地村保志さん富貴恵さん夫妻、蓮池薫さん祐木子さん夫妻、曽我ひとみさんの計五人が帰国しています。当時の日本の小泉首相が直接、北朝鮮を訪問し、金総書記と会談をしています。二〇〇二年九月十七日、小泉首相が訪朝し、金総書記と握手をし、金総書記は日本人拉致を認めて謝罪し日朝平壌宣言に署名しています。北朝鮮は、きっと日本がアメリカと北朝鮮の間をとり持ち、アメリカは北朝鮮と平和条約を結び、当時の金正日体制が安定して継続していくだろうと計算したのではないかと思います。当時の日本は経済的にも北朝鮮を少し優遇しています。二〇〇四年五月にも小泉首相は二度目の再訪朝を果たし、日朝首脳会談をして、地村夫妻と蓮池夫妻の子供達を帰国させ、七月には曽我さんの夫のジェンキンスさんと子供達も日本に来ることになりました。二〇一二年四月に三代目の金正恩《キムジョンウン》が朝鮮労働党第一書記に就任し、二〇一四年五月にはスウェーデンのストックホルムで日朝局長級協議で拉致被害者の再調査が合意されました。しかし、その後日本人拉致被害者は帰国していません。

北朝鮮は核実験を繰り返し、弾道ミサイルを発射し続け、日本はアメリカと韓国と一緒に、北朝鮮への制裁一辺倒です。日本はアメリカとの太平洋戦争の後、戦争はしていませんが、アメリカは朝鮮戦争、ベトナム戦争、イラク戦争等様々の戦争をしてきています。アメリカ人の多数は平和を願っているのでしょうが、アメリカには正義の主張があり、力によって問題を解決しようとするところがあります。銃の保持問題でも、アメリカのオバマ前大統領があんなに銃規制を呼び掛けたのに、銃の規制は実現しませんでした。アメリカでは銃による事件が続発し、死者が増え続けています。アメリカの国民の多くは銃社会であってはいけないと思っているでしょうし、国際紛争は戦争ではなく話し合いで平和的に解決してほしいと願っているはずです。それなのにアメリカの現実は違っています。国を代表する人の影響は本当に大きいと思います。

日本が太平洋戦争に突入していく以前、日本は軍部の政治的な発言力が強まっていました。その頃、アメリカ、イギリス、オランダが日本に対し経済封鎖を始めています。重要物資や石油の輸入をアメリカに依存していた日本に対し、アメリカは輸出を禁止しました。日本はビルマ（現ミャンマー）から石油や米を、タイやベトナムからも米を、ベトナムやマレーシアから石炭や鉄鉱石やボーキサイトを、フィリピンからは鉄鉱石を、ブルネイやマレーシアやインドネシアから石油を確保しようとしていましたが、うまくいかず、日本に対する抗日運動も行われました。軍部の東条内閣はアメリカとの話し合いがまとまらず、一九四一年十二月八日太平洋戦争へと突入していきました。日本は太平洋戦争での敗戦以後、日本国憲法を成立させ、平和国家として再出発し、国民主権、基本的人権の尊重、平和主義を日本国憲法の三本柱としています。平和主義は戦争の放棄です。日本は世界の各国の問題に対して、話し合いによって平和的に解決していくことを世界中に宣言したのです。

私はこれらのことは学校の社会科で勉強したので、知識として知っています。小父さんも太平洋戦争の頃はまだ生まれていなかったので、実感はないらしいのですが、貧しかった戦時中の日本人と現在の北朝鮮の一般の人々との姿が重なるのだと言っています。小父さんの意見によると、日本がアメリカと太平洋戦争を戦ったことは歴史上の事実だし、人間は歴史から学ぶことが大切だと言っています。そして国の指導者の考え方が進路に大きな影響を与えると言っています。これらのことも、小父さんが、人生は複雑で単純にはいかないと考えていることの一つの原因かもしれません。

日本は北朝鮮に対し、日本が最も望んでいることは拉致被害者達を一日も早く日本に帰国させることであり、そのために日本はアメリカに働きかけ平和的な話し合いになるように最大限の努力を続けるので、核兵器で北朝鮮を守るのではなく、本当に北朝鮮と韓国との間に平和的解決がもたらされるように導びくことではないでしょうか。私も小父さんも、ほぼ同じ考え方なのですが、現実はそういっていないことに小父さんは失望しているようです。

他にも小父さんの失望には次のようなことがあります。その一つには、二〇一七年十月二十二日、衆議院議員選挙が行われましたが、法律によって制度が変更され続けているのに、なかなか公平なものになっていないということのようです。

この時の衆議院議員選挙では、小選挙区が二八九名、比例代表制が一七六名の計四六五名に減らされ、小選挙区比例代表並立制で行われたのですが、それでも考え方によっては矛盾点が多いようです。そして衆議院議員選挙でも参議院議員選挙でも一票の格差があり、最高裁判所からの違憲判決が出されています。小父さんは、ただもっと公正なものになればいいのにと言うばかりです。私は小父さんに言ったのです。

「都議会議員選挙や県議会議員選挙のように、得票数の多い順に当選者を決定していけばよいじゃありませんか」

すると小父さんは、都道府県によっては当選者が出ない可能性もあるので、絶対に実現しないと言うのです。都道府県からの代表者が必ず一人以上は必要だと言うのです。そして東京都や大阪府等の都会が有利だと言うのです。でも考えてみて下さい。大都会は日本の各地域からの人々の集合体なのです。北海道から沖縄まで全国からの人々が都会に集まっているということは、自分の出身地のことを考える人が多いのではないでしょうか。そして、少し昔のことらしいのですが、小父さんも言っていました。新潟県出身の総理大臣の時、地元が特別に優遇され、道路等が立派に整備されていったのだそうです。それこそ不公平です。つまり地域や所属団体を代表するということは、しがらみがあるだけではなく、不正の温床になるということです。国会議員という仕事は地域や特定の人々を優遇するのではなく、あくまでも日本国全体がより良く発展していくことに、情熱と力を注いでいくべき仕事であるはずです。

小父さんは、世の中の出来事や人間関係は複雑なので難しいと頻繁に言っています。私はいつも、単純に一番良いものを決め、それに向かって真っ直ぐに進むべきだと言うのです。二人共に協調していくことは大切だと思っているので、今までに多くのことが一致してきています。親子関係でも夫婦関係でも家族関係でも職場関係でも、その他の様々な人間関係でも、お互いの協調は必須です。しかし小父さんの、人生は複雑なのでうまくいかないと諦めるよりも、私の、正しいと思うことに向かって一生懸命に歩いていくことの方がずっと生きていきやすいのだと私は思っています。つまり、選挙制度にしても、全国一斉に投票をして、得票の高い順に当選者を決めていき、定員数に達したら、そこで議員になる人を決定してしまうというものです。すると選挙の一票の格差は全くなくなると思いませんか。

日本の選挙制度のことでもう一つ疑問点があります。最近、選挙の投票年齢が二十歳から十八歳に変更されました。全国の高等学校では、十八歳になった高校三年生に対して、十八歳から選挙の投票権があることを説明し、学校の体育館等に模擬の投票所を作り、実際に投票のやり方を体験してもらいました。私は若い人達は心が純粋だし、日本の社会がもっとより良いものになってほしいという情熱を持っていると思い、投票率はかなり高いものになると期待していました。しかしその期待は裏切られました。二〇一七年の衆議院議員選挙では、全国民の投票率が約五三・八三パーセントでこの全体の率も低すぎると思うのですが、十八歳十九歳の投票率はそれよりも低く、わずか四一パーセントぐらいだったそうです。本当に残念です。

小父さんによると、十数年前の出来事ですが、数年間成人式の時の若者による暴動がテレビのニュースで放映されていたのだそうです。成人式場で式典が挙行されている際に、二十歳になった数名の若者達のグループが酒に酔って壇上に上がったり、酔って暴れたりしていたのだそうです。その頃は保守系の多くの国会議員の人達が、二十歳ではまだ大人の自覚を持っていない者も多いので、成人年齢は二十五歳に引き上げてもいいのではないかという意見も発言されていたのだそうです。それから十数年が経過し、成人は二十五歳からとか、選挙の投票権も二十五歳からという意見は聞かれなくなったのだそうです。当然、日本国憲法で投票の選挙権は保障されていますし、太平洋戦争後日本での成人年齢は二十歳です。選挙での投票年齢は法律で決めるのでしょうか、今回の選挙での投票年齢が二十歳から十八歳に変更された際には、そのことに反対する保守系の国会議員は一人もいなかったのだそうです。十八歳、十九歳の人々の選挙に対する自覚の低さも残念ですが、国会議員の方々の考え方にも疑問を持たざるをえません。

日本の選挙での一票の価値は全て平等であってほしいですし、アメリカでも同じです。アメリカではオバマ大統領の後は、トランプ大統領になっていますが、アメリカ第一主義を掲げ、地球の環境問題には後ろ向きな姿勢を示しています。世界中が地球の温暖化を心配し、協力して二酸化炭素の排出量を減らしていこうとしているのに、コップ（ＣＯＰ）からアメリカは脱退し、自国の石炭産業や石油産業等の化石燃料産業会社等を守ろうとしているのだそうです。地球の環境を守るために、二酸化炭素の排出量を減らし、地球の温暖化を防ぐために、世界中の全ての国が協力して努力していかないと、未来の人々に美しい地球を伝えていくことは出来ません。

他にも、オバマ前大統領がイランやキューバと仲良くやっていこうと決めていたのに、トランプ大統領は、以前のイランやキューバ関係に戻そうとする傾向もあります。世界中がどの国とも友好関係を結んでいけば、より世界は平和になっていくはずです。核兵器廃絶や銃規制等が後退することは、人類にとって負の遺産となってしまいます。

日本の選挙でも、私の主張する国民の得票数の多い人が当選していくという単純な決定方法がいいように、アメリカの大統領選挙でも一番単純な方法で実施すればよいのです。現在のアメリカの大統領選挙では、約五十ある各州で州別に選挙をして州の投票代表者を決め、その後代表者の獲得数によって大統領が決まっていくのだと思います。これは単純ではありません。一番単純なのは、アメリカ合衆国の国民全員が一票ずつ投票し、その合計数で一番多かった人が大統領になればよいのです。オバマ前大統領の次の大統領の選挙を、私の主張する単純な方法で選挙をしていれば、現在のアメリカ合衆国の大統領はトランプ氏ではなくヒラリー・クリントン氏になっているのです。あの時の大統領選挙での投票総数ではヒラリー・クリントン氏の数の方が多かったではないですか。小父さん、私の単純な考え方は、とても良いと思いませんか。

もし私の主張する国民の一票の価値を同じにして、単純な形で選挙をやっていくなら、衆議院でも参議院でも、裁判所からの違憲判決は出されないはずです。アメリカの大統領選挙でも、単純に国民の一票は一票で同じにしていれば、アメリカ全国民の総投票数の多かったヒラリー・クリントン氏がオバマ前大統領の次の大統領になっていたのです。

トランプ大統領は、ドイツのボンで開催された気候変動枠組み条約第二十三回締約国会議COP23において、多くの世界の国々の提案に非協力的で、前回のパリ協定でオバマ前大統領も同意していた二〇二〇年からの実施に対し、アメリカの利益にかなわないからという理由で脱退しようとしています。自国のことだけを考えるのでなく、地球全体のことを考えてほしいものです。

オバマ前大統領は二〇一六年五月二十七日、当時現職のアメリカ合衆国大統領として初めて被爆地・広島を訪問しました。平和公園で原爆慰霊碑に献花したあと、被爆者を含む聴衆を前に演説し、人類は核兵器の廃絶に向けて取り組むべきであると訴えました。現在、地球上では核兵器を保有する国が数カ国あり、その核兵器の数は想像を絶するものがあります。確かに考えてみると、核兵器の廃絶は不可能のようですし、単なる夢のように感じられる人も多いと思います。でも、二〇一六年の広島訪問の当時のオバマ大統領のような人が、この地球には必要なのです。これこそ勇気ある行為ですし、まさに勇者です。

世の中は複雑で難しいというのではなく、今は実現できなくても、地球の歴史は人類の歴史よりもずっと長いのですから、やはり正しいと思うことは正しいと、単純に主張しなくてはいけないのです。どうですか、小父さん。

話を核兵器に戻しますが、あのようにオバマ前大統領が強く訴えていたのに、トランプ大統領は核兵器廃絶にも後ろ向きです。地球上で、どの国も核兵器を使用してほしくありませんし、戦争もしてほしくありません。日本の核兵器に対する方針も、核兵器には絶対に反対であり、核兵器の廃絶には賛成であると、なにがなんでも主張していくべきです。日本は世界で唯一の被爆国ですし、もし外国から日本は本当に核兵器に反対しているのだろうかと疑問を持たれたとしたら、太平洋戦争の時広島や長崎の原爆で死亡していった人々は浮かばれません。

日本の政府に対して大きな疑問点があります。核兵器禁止条約というものがあり、一九九四年の核兵器廃絶決議案では、賛成百四十四、反対四、棄権二十七だったようです。それから二十三年が経過し、二〇一七年九月二十日、アメリカ・ニューヨークにある国際連合本部で、核兵器禁止条約の署名式が行われました。その前年は、核兵器廃絶決議案の賛成が百六十七カ国まで増えていたのに、この二〇一七年九月二十日には賛成が百二十二カ国に減ってしまったようです。残念ながら、その時の日本政府はこの核兵器禁止条約の賛成に参加しませんでした。確かに日本政府側にも言い分があるとは思いますが、外国の国々によっては、日本の態度に疑問を持つ国はあると思います。それ以上に、広島や長崎の原爆に関係のある人々や核兵器の廃絶に強い気持ちを持っている人々を深く傷つけたことだと思います。

それでも世界中では核兵器廃絶に対する気持ちは根強く、二〇一七年十月六日、国際非政府組織（ＮＧＯ）核兵器廃絶国際キャンペーン（ＩＣＡＮ）にノーベル平和賞が授与されるという決定が発表されました。そして十二月十日、ＩＣＡＮはノルウェーのオスロでノーベル平和賞を受賞しました。

このように政府のことや社会のこと、そして自然や宇宙のこと等を、小父さんとよく話します。話題は小父さんから私に投げかけてくることが多く、私はそれまであまり考えていなかった場合が多いのですが、高校生の頃の社会科や理科で勉強していたことや、最近のニュースの知識でなんとか対抗しています。小父さんが私の意見に賛同してくることもあり、またその逆もあります。大雑把《おおざっぱ》に言うと、ほぼ二人の意見は一致しています。でも最大の相違点は、私は単純に正しいと思うことはそのまま真っ直ぐに主張していくという方針であり、小父さんは「世の中、社会は複雑であり、人の心も人間関係も複雑なので、そう簡単にはいかない」といつも言っています。小父さんはいい人だとは思うのですが、いったい何が、こういう愁思《しゅうし》の態度になっているのか、私はそれを解明出来たらいいなあと思っています。

小父さんが初めて私に声をかけてきたのは大学一年生の時でした。場所は学校の図書館でした。私は大学での授業に少しずつ慣れてきていて、教室以外の大学の施設を積極的に利用しようと、校内のいろんな場所を探索していました。その一つが大学の図書館です。私は子供の頃から、他の女の子供達とは違っていて、虫の好きな子供でした。その虫好きはずっと続いています。

私は足長蜂は怖くありません。足長蜂は人間側から攻撃しなければ、人間を攻撃することはありません。いつでしたか、私の家の玄関近くの窓の外に足長蜂が巣を作ったことがありました。初め私はそのことを知らなかったのですが、ある日私の足に親の足長蜂が止まっていることを知らずに、足長蜂と一緒に玄関の中に入りました。靴を脱ごうとした私は、自分の足に足長蜂が止まっていることに気がつきました。一瞬この蜂をどうしたらいいものかと考えましたが、私はそのまま足に止まっている蜂と一緒に玄関の外に出ました。そして、そっと蜂を逃がしました。その時、窓の外の窓枠を見ると、そこには足長蜂の巣があり、子育ての最中でした。その時私は思いました。この親蜂は、玄関の近くに巣を作って子育てをしているのだが、この家の住人は蜂を嫌いで、蜂を退治する人かどうかを、自分の身をもって確認したのだと。親蜂にとっては生きるか死ぬかの、命懸けの冒険だったと思います。

それでも、私の親蜂に対して取った行動で、足長蜂達は安心したのでしょう。その後、数カ月玄関近くの窓枠の巣で子育てを続け、子供蜂達も無事成長し、一家全員がその巣を残して、別の場所へと移動していったのでした。そこには空《から》になった蜂の巣がポツンと残っていました。私は少し寂しいような、また嬉しいような複雑な気持ちで、その巣を見続けていました。

それから数日が経過し、秋も深まり寒くなる日も多くなってきていました。私の家の夜は他の家より暗いのです。ということは、私は夜にあまりライトをつけないということです。うす暗い廊下を歩いていると、私の足の裏に何か柔らかいものを踏んだのを感じました。「何を踏んだのだろう」とは思いましたが、夜も遅いので翌朝に確認することにしました。私は寝床に就き、暫く足の裏に感じた柔らかい物体のことを考えていました。強くは踏んでいないので、もし生き物だったとしても、おそらく死んではいないだろうと思いました。もしゴキブリだったとしたら、嫌《いや》だなあと思いました。ゴキブリだったなら、おそらく逃げていったことでしょう。蜘蛛《くも》の可能性もあります。蜘蛛は網のような巣を張るものが多いのでしょうが、家の中には小さな可愛らしい蜘蛛もいて、あまり糸は出さずに床や壁を歩いているものもよく見かけます。でもその蜘蛛は小さいので、私が踏んだのとは違うだろうなあと思いました。他に家の中には、足高蜘蛛というものがいます。あの大きな、多くの人が怖がる蜘蛛です。足高蜘蛛を殺してしまう人がいますが、どうか足高蜘蛛は殺さないで下さい。夜行性だと思うのですが、よく家にいて、夜にいろんな虫を食べてくれているのです。見た目と違って、人間にとってはとても良い蜘蛛なのです。私は踏んだのはこの足高蜘蛛だったのではないかと思いましたが、あれこれ考えているうちに、睡魔に襲われ眠りに入っていきました。

次の日の朝、目を覚ました私は、昨夜私が踏んでしまったあの柔らかい物体は何だったのだろうかととても心配して、早速、廊下に行ってみました。そこにいたのは守宮《やもり》でした。動いていなかったので、私はグッと顔を近づけその守宮を見詰めました。死んではいません。寒くなってきているので、あまり動けなくなっているのかもしれません。少し動く時もあるので安心しました。守宮と井守《いもり》は似ているのに、いろんな点でかなり違っています。守宮は爬虫類《はちゅうるい》ですし、井守は両生類です。両生類には蛙《かえる》や山椒魚《さんしょううお》等もいます。井守は池や沼などに棲んでいますが、昔まだ日本に井戸が多くあった頃は、井守は井戸の近くにいて井戸に近づく虫等を食べて井守と言われていたのだろうかと想像したりしています。井守にもいろいろな種類がいて、日本でよく見られるものは背が黒く腹が赤いようです。腹が黒くなくて良かったなあと思ったりしています。山椒魚とも見た目が似ていて、大きさが井守の方が小さいのだと思います。

私は子供の頃、両生類は水の中でも陸上でも生きていけるのでいいなあと思っていました。学校のプールで泳ぎの上手な子は、両生類などと呼ばれたりもしていました。水の中でも陸上でも生活していけるので両生類はすごいと思っていたのですが、私が成長していき数年が経過した時に知ったのですが、実は両生類という生き物は、水と陸上の両方がないと生きていけないのだということです。ずっと水の中だけでは生きていけないし、逆に陸上だけでも生きていけないらしいのです。これは大変な違いだと思うのです。水の中でも陸の上でもどちらでも生きていけるのと、水と陸地と両方ともないと生きていけないのでは、全く違います。両生類は大変だなあと思うようになりましたし、人間の生き方においても考えさせられるような気がします。

守宮は井守に似ていますが爬虫類ですので、蜥蜴《とかげ》の仲間です。守宮は保護色で体色を変化させます。昼間は暗い所に隠れていて、夜になると灯火に集まる昆虫類を捕えて食べます。人には全く無害ですし、いろんな虫を食べてくれるので、家の中にいると家《や》を守ってくれています。

私の家にいた守宮は死んではいませんでしたが、あまりにも条件が悪かったので、残念ですが私はもうすぐこの守宮は息絶えるだろうと思いました。体が小さかったのでおそらく生まれて間がなかったのでしょう。寒い日もけっこう多くなってきているので、成長していくには時季も悪かったと思います。虫も少なくなっていて、食べ物もあまり無かったのだと思います。私が顔を近づけると、ピクッと体を動かすのですが、逃げようとはしません。私は床の上では寒いのではないかと思い、厚めのトイレットペーパーを数枚重ねて守宮の頭の前に置いたりもしました。守宮が自分でペーパーの上に乗るのかどうかも分かりません。その後数時間して見てみると、時々はペーパーの上に乗ったりもしていました。時々私は、ペーパーに水を含ませて、守宮の頭の上に置いてみました。その時は守宮は動かないのですが、私がその場を離れ暫くして行ってみると、ペーパーの水に乗ったりしているので、私はひょっとして水を飲んだかもしれないと、少し嬉しくなりました。近くには虫も少なかったですし、私は一切、直接に守宮に触れたりはしませんでした。

寒くなってきてはいましたが、時に少し暖かくなる日もあり、そんな日は守宮の行動範囲がいつもよりは広がっていました。でも私の目の届く範囲以外には行かず、私はいつも守宮を見守っていました。でも季節は冬に向かっていたので、段々と寒くなっていき、三週間か一カ月くらいが経過したのでしょうか、遂に守宮の息が途絶える日が来てしまいました。私がグイッと顔を近付けても、ピクリともしませんでした。私の目から一粒の涙が頬を伝いました。それでも私は二、三日はペーパーに乗ったままの守宮をそのままにして、時々は私の顔を近づけ、暫くは守宮を見続けていましたが、私の持っていた小さな箱にペーパーと一緒に納めました。そのようにして私と守宮との関係は終了していきました。

他にも生き物に関して残念なことがありました。季節は春から夏に向かってたのでしょうか。けっこう雑木林や草むらの多い広場だったのですが、私は偶然にも蛇の青大将と出くわしました。突然に出会ったので、当然驚き少したじろぎました。大きな青大将でした。でも蛇は青大将だったので、近づいて青大将の頭をよく見ようとしました。青大将は蝮《まむし》等と違って毒は持っていません。目だけを見ると、けっこう可愛いのです。でも、体も大きいしあの蛇の動き方がやはり体がゾクゾクッとしてしまいます。

私に気づいた青大将は素早く草むらの中へ逃げていきました。その時はホッとした気持ちと、青大将を近くで見れてよかったという気持ちと、長生きしてほしいという気持ちとが入り交じっていました。

それから数日後にもその広場に行ったのですが、広場の作業員の人達数名が、「蛇がいるぞ、蛇がいるぞ、気を付けろ」とお互いに言い合っていました。私は青大将にこの人達から早く逃げて、どこかで生きていてほしいと思いました。しかし、それから数日後、その青大将は退治されてしまっていたのでした。青大将は無毒なのです。どうぞ殺さないで下さい。

足長蜂や守宮や青大将等に関しては、私の実体験ですが、他にもラジオ等で聴いた、私の知らなかった話がいくつかあります。

磯辺に棲む海水魚にクマノミという魚がいるそうです。体の色は背部が暗褐色の地で、青白色の三本の縦帯になったような奇麗な模様が体の横に走っているのだそうです。魚達にとっては怖いイソギンチャクの触手の間に潜む習性があり、イソギンチャクと共生しているのだそうです。クマノミは生まれた稚魚の頃は全て雄で、成長していくなかで、一番大きくなったクマノミが雌となり、次に大きな雄とで子孫を残していくのだそうです。他の動物ではその逆もあるようで、雌から雄に変わっていく動物もいるそうです。動物だけでなく植物でも同じようなことがあるので、いつも小父さんが言っているように「人間の考え方は実に複雑なので、人間関係は難しい」というのも分かるような気がします。動物の世界も植物の世界も実に複雑で多様です。

哺乳動物や鳥や昆虫等、一般的には雄が大きく、色も美しいものが多いと言われますが、蟷螂《かまきり》は肉食の昆虫で、雌が大きく、卵を産む最後には雄の蟷螂は雌に食べられてしまうとも聞きました。実に多種多様です。

鳥類では鴛鴦《おしどり》は雁《がん》や鴨《かも》の仲間らしいのですが、雄が大きく美しく雌は地味らしいのです。そして一対の雌雄の仲がよくいつも一緒にいるので、人間の仲の良い夫婦を鴛鴦夫婦というようです。ところが鴛鴦は他の鳥には意地が悪く、一緒だった雌雄も、渡りをした次の年にはまた別の雌雄の組み合わせになるのだそうです。でもラジオ等で聴いた話ですので、本当かどうかは分かりません。

次も聴いた話ですが、鶴の丹頂《たんちょう》は長寿で一対の雌雄が一方が死んでしまうまで、いつまでも仲良く本当に相手を大切にしていくのだそうです。そのような話から、日本人にとっては丹頂鶴を好きな人が多いのかもしれません。このように動物のことを考えてみると、本当に多種多様ですし、植物においてはもっと多種多様で、私達が驚くような不思議なことが無数にあるようです。

地球上の生き物は微生物でも、植物でも、動物でも、本当に多種多様ですから、私達には考えられないような複雑な関係にあるのだと思います。そのようなことを人間にも当てはめてみると、人間だって複雑なので、小父さんの言う「人の考え方は複雑なので、関係を良くしていくことは本当に難しい」ということは分かります。でも小父さんと私との違いはその後の考え方や進んでいくいき方です。小父さんは少し諦めているようなところがあるように感じるのです。でも、私はあくまでも「単純に考えて、自分の正しいと思う方向に向かって真っ直ぐに進んでいけばいい」ということです。小父さんが消極的になっている原因をつき止めて、小父さんにも私と同じように前に向かって進んでいってほしいのです。

小父さんの過去にいったいどんなことがあったのでしょうか。小父さんが私に話しかけてきたのは、二年数カ月前の大学一年生の時でした。

私は子供の頃から虫が好きで、女子としては少数派でした。男子は虫好きな人も多く、甲《かぶと》虫《むし》や鍬形虫《くわがたむし》の人気が高かったようです。私は団子虫《だんごむし》や蝸牛《かたつむり》、なめくじ、青虫、蝶《ちょう》等、男子よりもたくさんの種類の虫が好きでした。そんな関係もあって小学生の頃から理科に興味がありました。中学生、高校生と成長していくうちに宇宙にも興味を持つようになりました。

なんとか、大学生にもなれて、学校の図書館に行くようになり、閲覧室で、ある一冊の本を読んでいた時のことです。

「あなたが読んでいるその本は、『堤中納言物語』の『虫めづる姫君』の所ではないの」と、ある一人の小父さんが声を掛けてきました。その男性が私と同じ大学一年生になった秘密の多い小父さんだったのです。どうしてその小父さんに、私の読んでいる本の題名や内容が分かったのか、実に不思議で、私は一瞬あっけに取られてしまいました。

私は「どうして分かるんですか」とその人に聞きました。

「その本は私も以前に読んだことがあるし、あなたの雰囲気が『虫好き』であるようだし、その本があなたの有り様《よう》と近いと思ったんですよ」と答えたのです。

私は不思議な人だなあと思いました。

『堤中納言物語』は平安時代の古典作品で一〇五五年頃書かれていて、有名な清少納言の『枕草子』や紫式部の『源氏物語』よりも後に書かれた作品です。

『虫めづる姫君』のある部分には、

「この姫君ののたまふこと（この姫君のおっしゃることは）人々の、花、蝶やとめづるこそ（世間の人々が花よ蝶よともてはやすのは）はかなくあやしけれ（あさはかで道理にはずれています）。人は、まことあり（人間は誠実な心があって）本地《ほんぢ》たづねたるこそ（物の本体を追求してこそ）心ばへをかしけれ（気だてもゆかしく思われるというものです）とて（ということで）、よろづの虫の、恐ろしげなるを取り集めて（いろいろな虫で恐ろしそうなのを採集して）これが、ならむさまを見む（これが変化して成虫になる様子を観察しようとて（と言うので）、さまざまなる籠箱《こばこ》どもに入れさせたまふ（さまざまの虫籠《むしかご》などにお入れさせになる）。中にも皮虫《かはむし》の、心深きさましたるこそ心にくけれ（中でも毛虫が考え深そうな様子をしているのが奥ゆかしい）とて、明け暮れは（とおっしゃって、朝晩）耳挟《はさ》みをして（額髪《ひたいがみ》を耳にはさんで）手のうらにそへふせて（毛虫を手のひらの上にねかせてかわいがり）まぼりたまふ（見守っていらっしゃる）」

等というものがあります。姫君ではありますが、とても虫を可愛がる様子が書かれています。今述べた部分では、「人は、まことあり、本地《ほんぢ》たづねたるこそ、心ばへをかしけれ」という箇所が、とても大切なのではないかと思われます。本質が重要だということではないでしょうか。平安時代であっても現在であっても、人間は同じようなことを考えるのだと思います。

小父さんが、私の雰囲気を感じとり、私の読んでいた本を当てたのはすごいと思いましたが、私もその小父さんに何か特別なものを感じたのも事実です。それが何だったのかはその時ははっきりとはしませんでしたが、場所が図書館ですので、他の人に迷惑をかけてもいけないので、長話は出来ませんでした。

「何故《なぜ》か、あなたは私の娘のような気がしてね」と、その小父さんは言い残して、その場から去っていきました。

学校の図書館の玄関を出ると、そこは少し広場になっていて、中央は芝生の緑が広がり、縁には季節ごとに色々な花が植えられています。そして芝生の広場を囲むようにベンチが配置されています。

それから数日が経過し、私は自分の受ける授業を終わらせ、この日も図書館に向かいました。すると図書館の壁側のベンチに、あの小父さんが座っていました。小父さんは手帳のようなものに何か書き込んでいました。

私は図書館での小父さんの最後の言葉が気になっていたので、小父さんに近づいていきま

した。接近してくる私に気がついた小父さんは、

「あっ、この前、図書館で『虫めづる姫君』を読んでいた娘さんだ」

と、驚いたような、少し嬉しそうな様子で話しかけてきました。私は、図書館の中での小父さんの最後の言葉がどういうことかを聞けるのではないかと思い、小父さんに会釈をして、ベンチの小父さんの横に腰掛けました。

「小父さんが図書館から帰っていく時に、『あなたは私の娘のような気がしてね』と仰《おっ》しゃったじゃないですか、どういう意味なんですか」と、少しぎこちなく聞いてみました。

季節は春から夏へ向かおうとする頃でした。吹く風は心地良く、二人の前を通り過ぎる学生達も朗らかな雰囲気を醸し出しながら、それぞれの目的地へと足を運んでいました。確かに私と小父さんの学部は違ってはいましたが、希に一般教養の教科で同じ講義を受けていることを思い出しました。社会人の大学生は前の数列の席に陣取ることが多く、その小父さんがいたような気はするのですが、私達は教室の後部座席に座ることが多いので、小父さん達の顔はあまりよく知りませんでした。でも、小父さんの後ろ姿から、なんとなく同じ教室で数回、同じ授業を受けていた社会人の中の一人のようにも思えました。

先日の図書館の中での小父さんの言葉に対し、私は何か特別なものを感じたのですが、ま

だこの時は、それが何だったのかは分かっていませんでした。小父さんは、私の質問に対し、少し考えて答えました。

「実は私には本当の娘はいないんですよ。でも、私が一般的に普通に結婚していたなら、ちょうどあなたのような子供がいたんじゃないかなあと思ってね」

と答え、もう少し説明が必要だと思われたようで、

「あの時、あなたを見て、虫を好きなのではないかという気がして、ちょっと素朴な感じがして生き物に真っ直ぐに向かう人じゃないだろうかと思ったんですよ」

と付け加えました。

私はこの小父さんは、けっこう私の本質を捉えているのかもしれないと思いました。人間は言葉でもって、より正確に自分の気持ちを伝えないと、なかなか相手に自分の言いたいことが伝わりにくいものです。肉親の場合はけっこう長い間一緒に生活しているので、全くの他人よりも、気持ちが伝わりやすいのかもしれません。ということは、私とこの小父さんとでは、全くの他人というよりも、少しは言葉が少なくても、気持ちが伝わりやすいのかもしれません。小父さんの言葉から、私を自分の娘のように感じたということは、人間としての生き方や考え方に共通点があるのかもしれません。また、この小父さんはまだ独身かもしれ

ないし、結婚していないのなら当然子供はいないだろうと思いました。

そのような出会いがあり、一般教養での同じ講義を受けていることもあり、私は小父さんが図書館で古めかしい地図を広げて調べものをしている内容を聞いてみましたが、小父さんは教えてくれませんでした。

その時は、まあそのうちにもっと色々と話してくれるだろうとは思っていましたが、段々と古めかしい地図の話はお互いにしなくなりました。しかし、その事以外の人生の話や世の中の出来事等は機会があるごとによく話しました。小父さんが私を自分の娘のように感じていることも伝わり、私もなんとなく、小父さんを自分の父親のように感じるようにもなってきました。

私は同学年で、私と同じ学部の人達と一緒に生活したり、話し合ったりすることの方が当然多いのですが、それでも一年生の頃から時々この小父さんとも話しているので、段々と小父さんがどのような人でどんなことを考えているのかも少しずつ分かるようになりました。小父さんは秘密が多いのですが、私はその秘密を解きあかし、もっと小父さんを何とかしたいという気持ちが強くなってしまいました。

私は必ずしも自分の思いが実現するとは思いませんが、それでも一生懸命に努力だけはするべきだと思うのです。小父さんに秘密が多いのは、それはそれでいいのですが、何か心の中に大きな傷を持っているのではないかと思いました。時々は小父さんに直接、そのことを聞いてみることがあるのです。

「小父さんは、あまり他人には話せない重要な何かが、心の中にあるのではないですか」

と聞いてみると、

「それはそうでしょう。誰だってそれぞれの人が持っている心の悩みは、そう簡単に他の人には話さないでしょう。娘さんだって、もし心配ごとや悩みがある時には、そう簡単には話さないでしょう」

と言われ、それはそうだろうとは思いましたが、私はあんまり気にせずに、信頼出来る人にだったら、思いのままを伝えるのです。私は段々とこの小父さんといろんな話をしていこうという気持ちになっていました。

学年が二学年、三学年と進むにつれ、いろんな話をしたものです。私は小さい頃から虫が好きで、理科が好きな教科でしたが、地球、月、太陽等宇宙も好きになり、小父さんとも話しました。小父さんと一緒に話しているうちに、小父さんから社会問題についてよく私がどう思うかを聞かれたものです。歴史についてもよく話しました。現代の科学や社会問題についても話しています。子供の頃から、私は少し変わっていると言われていましたが、大学生になっても、私は自分から見ても、少し変わった大学生だなあと思います。

小父さんと色々と話しながら、私の考えてる内容が小父さんに伝わったこともありますが、もっと小父さんの考えに、私の方が同調していっているのだろうとは思います。でも、なんとかして小父さんの秘密を聞き出し、その一部でも解明出来たらと思うのです。そのような対話が期間的にも長く続いていく中、遂に小父さんの琴線にふれる話をする時がきたのでした。

ある日、小父さんは腕に怪我をしていましたし、体中が痛そうにしていたのです。

「小父さん、その腕はどうしたんですか。怪我をしているんじゃないですか」

と尋ねてみると、

「いやあ、ちょっと怪我をしてしまってね」

と答えて、そのまま黙ったままだったので、

「小父さん、水臭いじゃないですか。どうして怪我をしたのか、教えて下さいよ」

と、私は小父さんに詰め寄りました。すると最近の出来事を話してくれました。

考えてみると、小父さんは社会的な話や科学的な話や世の中の出来事等はよく話すのです

が、個人的なことはあまり話さなかったのです。それで秘密の多い人と感じていたのでした。

小父さんは、少しためらいながら、遠慮しながら聞いてきました。

「娘さんは、『ぼったくり』という言葉は分かりますか」

私はあまり聞いたことはありませんでしたが、『ぼったくる』とは、人と人との間で約束した金額が決定していたのに、ある人が一方の相手の人に対して、約束していた以上の金額を請求することだろうと思いました。そして『ぼったくり』という言葉になると、飲食店等で、料金を正当な金額以上に高く払うように要求する人のことだろうと思いましたので、

「はい、分かります」

と答えました。

「じゃ、『ぼったくり』と闘う人に対してはどう思う」

ということでしたので、

「普通は『ぼったくり』の人は悪いので、その人と闘う人は、正当な金額を払おうとしている人のように思います」

と言うと、小父さんは首を縦にふり、また、次のように聞いてきました。

「じゃ、警察官と闘う人に対してはどう思う」

私は即座に答えました。

「警察官は、泥棒や痴漢や交通違反者等を捕まえる人ですので、警察官と闘う人は普通は悪い人じゃないですか」

と言うと、小父さんは少し考え込んでしまいました。そして、

「冤罪《えんざい》ということもあるんじゃないの」

と言うのです。

冤罪とは無実の罪で、罪がないのに、ぬれぎぬを着せられたりして、罪があるとさせられることです。世の中の事件で、犯人ではないのに犯人と間違えられてしまうことは、確かに時にはあります。でも、一般的には、警察官がある人を捕まえようとすると、捕まる人は何か悪いことをしたのだろうと思います。言ってみれば、警察官は正義の味方です。暫《しばら》く考え込んでいた小父さんは言いました。

「私は警察官達と闘ってしまった人間なんだよ」

私はその言葉を聞いて驚きました。風が吹いていたせいか、鳥肌がたってしまいました。この季節の風は全く冷《つめ》たくはありませんでしたが、ゾクッと悪寒《おかん》を感じ、身震いしてしまいました。私は小父さんの言っていることは本当かなあと思いましたが、でも一応聞いてみま

した。

「どうして警察官と闘ったんですか。何かの冤罪だったのですか」

するとお父さんは、

「本当に警察官達と闘ってしまったんだよ。しかも二回もだよ」

と少し悲しそうに、また少し悔しそうに、何かを吐き出すように言うのでした。

私はお父さんが警察官との闘いで、腕に傷を負ったのだろうかと思いました。

「怪我をした所は痛いんですか」

するとお父さんは、

「怪我は確かに痛いことは痛いが、それよりもっと私の心の方が痛いんだよ」

と言って、その事件の内容を、私に詳しく話してくれました。


まだ私達が二年生だった頃のことでした。お父さんは、若い頃高校から大学へ進学し、ごく平凡に大学卒業後に就職をしました。数年間仕事を続けていましたが、一つの古い地図を手に入れたのだそうです。その地図だけが原因ではないでしょうが、もう一度大学へ行って勉強をし直そうと思ったそうです。二度目の大学生生活は社会人学生ということです。この時の入学は私と同じ時でした。一年目に、虫が好きだということも関係して意気投合しました。二年目には、小父さんは私を娘のように思い、私は小父さんを父親のように思い、機会ある毎《ごと》に、まるで家庭内の親子の会話のように、よくいろんなことを話し合いました。ところが、二学年も終わろうとしていた頃に、小父さんに大学内で一つの事件があったようなのです。その時は小父さんはそのことについて、私には何も話してくれませんでした。

それから何カ月が過ぎたのでしょうか。私達の学年は三学年になっていましたが、この校内で小父さんは大変なことになっていたのでした。小父さんとは、あんなになんでも話していたのに、このことは私に対し全く秘密にしていたのでした。そして、小父さんの怪我を追究したことによって、ようやく話してくれたのです。

二学年の授業が終了し、春休み期間中でした。大学の春休み、夏休み、冬休み等の長期休暇は、高校までのそれよりも期間が長いのです。二月の末頃、教育学部の一学年上の女子学生にお願い事をしたようです。その人はその時は三年生でしたが、四月からは四年生です。小父さんの願い事をその人は受け入れたのに、他人からの妨害が入り、結局願い事は実現しませんでした。それをきっかけとして、次の別の出来事が発生し、今度は別件でまた別の人に小父さんが願い事をしたのに、それもまた妨害されてしまい、普通ならその辺で終了するのに、話が間違った方向へと進み、小父さんは遂に警察のパトロールカーで交番へ連行されたのだそうです。

それは五月になっていて、また紆余曲折《うよきょくせつ》があり、遂に六月に入り、二度目の警察官からの捜査を受けることになったのだそうです。その後もスッキリとは話が進まず、小父さんは一方的に犯人扱いされるようになり、不利な立場に段々と追い込まれていったのでした。私は小父さんと一年目、二年目と話し合い、気心が知れているので、小父さんがどんな人か、どんな考え方をしているのかを分かるのですが、初めて出会う警察官の人達は、小父さんがどんな人かは分からずに、一一〇番の電話をした人の立場に立つのが普通なのだそうです。

警察官というのは、一一〇番をした人が訴えた人かどうか、違う人を逮捕しようとしていないかを、まず丁寧に確認します。誤認逮捕をしたら大変です。世の中同姓同名の人もいるので間違わないようにします。緊急の事件の場合は、現場での実行犯逮捕です。少し期間がある場合は、徹底的に下準備をして、関係者達の話を聞き、対象者を犯人に仕立てあげていきます。パトロールカー以外にも、特種な警察車輛があり、逮捕状等の書類も作成出来るようになっています。誘導尋問にも長《た》けているので、悪事を働いていない人の場合は、強い意志を持ち、自分の正しいと思うことをしっかりと主張し続けなければなりません。正しいのに訴えられた場合は、気力的にも体力的にも充実させ、警察官達と本気で闘う気持ちでぶつからないと、普通の人なら負けてしまいます。

小父さんは二月末から六月末までの四カ月に及ぶ大変だった出来事を私に話してくれました。私は聞くうちに胸が苦しくなりましたが、私はそれを短編小説に書きたいと思いました。でも、私は今までに小説を書いたことはありません。しかも私は学生ですので、私と小父さんの通っている本当の学校名を出すことは出来ません。小父さんを訴えた人達の本名も、道義的に出せません。名前は仮名《かめい》に変えます。事件発生の場所も変更します。東京は警視庁ですが、地方の警察署にしなければなりません。警察官の個人名は出しません。学校の場所を何処《どこ》にするか迷いました。大学の農学部だったら、北海道で乳牛を飼育し、牛乳を搾取するのも面白いなあと思いました。小父さんも私も、虫だけでなく広く動物も好きなのです。しかし、牛のゆったりとした優しさよりも、もっとスピードのある動物がいいのではないかと思いました。東北地方では青森、秋田、岩手、山形、宮城、福島等の県があり、馬だったらスピード感があるので、場所は東北地方にしたらよいのではないかと思いました。大学の部活動を馬術部とすると、馬に乗り障害物を越えていったりする競技が考えられ、一般の大学生には難しい感じがするので、乗馬クラブとすると、部員がみんなで協力し合って、馬を介して温かい人間関係の部活動というイメージがあるのではないかと思いました。小説を書くとすると、どうしても登場人物は、はっきりとした名前を書いた方がよいので、物語の主要な人物は工夫をして、私なりの名前のつけ方で名前を決めていきます。

登場人物の男性二人は福山雅治さんと竹内涼真さんの姓と名を入れ替え、福山涼真と竹内雅治にします。女性六人は新垣結衣さんと北川景子さんを同じように姓と名を入れ替え、新垣景子と北川結衣、同じように堀北真希さんと綾瀬はるかさんで堀北はるかと綾瀬真希、浅田真央さんと本田真凜さんで浅田真凜と本田真央にしたいと思います。人物男性二人、女性六人、有名人から引用してみて、なんと『真』の字が多いことかと感じています。

小父さんを福山涼真とすると相手の男性は竹内雅治になります。女性は新垣景子、北川結衣、堀北はるか、綾瀬真希、浅田真凜、本田真央という登場人物となります。

小説の作者名もつけなければいけません。作者である私は、ずうずうしくも新垣景子とさせて頂きます。小説の題名は『警察官達との闘い』、警察官達と闘う悲しき主人公は福山涼真、作者は新垣景子です。

二

小説「警察官達との闘い」

新垣　景子　作

登場人物：福山涼真・竹内雅治・北川結衣・堀北はるか・
綾瀬真希・浅田真凜・本田真央

福山涼真は子供の頃、警察官になりたいと思っていた。福山涼真にとって警察官は英雄であった。悪人を捕まえる正義の味方であった。冬にはよく雪が積もったが、隣の交番の警察官は、仕事が忙しくない時は雪かきをしていた。春になると雪も解け、辺りは百花繚乱《りょうらん》で春の花々が咲きみだれ、鳥達も春を待ち侘《わ》びていたかのように鳴きだし、お互いに囀《さえず》り合っていた。地方の交番は、玄関は警察官の仕事場であったが、その裏は所長の家族の生活の場となっていた。当時は巡査派出所と言っていた。所長が少し年配になると、時には若い巡査も配属され、それぞれの地域の安全を守っていた。

子供の頃の福山涼真の記憶によると、所長も若い巡査達も、数年ごとによく人員の転勤があったように覚えている。涼真が小学五年生だったか六年生だったか、隣の所長の娘が涼真と同学年だったが、涼真の通っていた小学校には通学していなかった。涼真は地元の公立小学校に行っていたが、所長の娘は電車で、遠い隣の人口の多い市の国立大学の付属小学校に通学していた。涼真はなんとなく、その少女に興味があったが、同じ小学校ではなかったので、言葉を交わすことはほとんどなかった。

若い警察官達も数年毎《ごと》に入れかわり、少し知り合いになったかと思うと、また別の人に替わっていた。何時《いつ》だったか、一人の若い警察官が隣の交番の勤務となり、やって来た。その警察官は人懐っこく、涼真にもよく声を掛けてくれた。

「涼ちゃん、涼ちゃん。家のお姉さんは今日はどうしてるの」

涼真は、その警察官が言っている『お姉さん』とは自分の姉ではないし、それが誰なのかは分かっていた。そのお姉さんとは、実は父親の妹であった。つまり、涼真にとっては、叔《お》母《ば》である。叔母は父親とは年が離れていて、年も若く、涼真から見ても美しい人だった。隣に来た若い警察官が、自分の叔母を好きなのだろうぐらいは、涼真もなんとなく感じてはいたが、子供の涼真はあまり恋愛というものには関心がなかった。

　それからあまり年月は過ぎなかったが、その警察官と涼真の叔母は結婚することになった。現在とは違い、男性側からお付き合いや結婚を申し込むと、案外すんなりと結婚が決まったような気がする。涼真にとっては、警察官の叔父《おじ》が出来たのである。結婚が決まると二人は、隣の派出所から別の地域へと転勤していった。

　しかし、まだ涼真と同級生の娘のいる所長は、そのまま隣の派出所にいて、周辺一帯をしっかり守っていた。涼真が中学生になった頃も、涼真は地元の中学校に通い、所長の娘は電車で隣の市の国立大学の付属中学校に通学していた。小学生の頃から可愛く、涼真もその娘に興味はあったが、特別に好きという感情を持っていた訳ではなかった。通う学校が違うので、中学生になってもあまり話をすることはなかったが、中学何年生だっただろうか、偶然にその隣の娘に会った時、その娘を見て驚いた。あか抜けてるとでも言うのか、少し子供の頃とは違う何かが備わってきているように感じた。

おそらくその娘は普通に勉強し、部活動でスポーツをし、学校の行事に参加して、ごく平凡な中学生生活を送っているに過ぎない品行方正な少女である。一体何が彼女をこのように成長させているのか。涼真は自分を田舎の中学生であり、のびのびと成長していると思うのだが、隣の娘のように、はっきりとは言えないが、自分も何かしっかりとした芯《しん》のある人間に成長していかなくてはならないと感じた。一般的に男子は身長が伸びだし、外見的には男子は成長していると見られるが、涼真は隣の娘を見ていて、女子は身長ではなく、何か別の成長をしていると思った。そして隣の娘のように、よくは分からないが内面から人間の向上を感じさせるしっかりした人間性を身に付けていかなければいけないし、現在の自分にはまだ存在しない何かを自分も身に付けたいと思った。

中学三年も後半になると、高校進学へ向かって受験の勉強をしなくてはいけなくなった。涼真は一年生の頃から普通に勉強はしていたが、高校受験前になると、夜遅くまで勉強しなくてはいけないのではないかと思った。本来早寝早起きが身についた生活習慣だったので、早起きは平気だったが、夜遅くなると、どうしても睡魔に襲われた。隣の娘がどの部屋にいるのかは、想像するよすがもなかったが、部屋の明かりが点《つ》いていると、きっとその娘が勉強しているのだろうと思った。涼真は自分が就寝する前に、必ず隣の家を確認するのだが、一つか二つの部屋の明かりは必ず点いていた。

いよいよ高校受験の日が近くなってきた頃、勉強が一段落し、少し休憩している時、涼真は段々と妄想することが多くなっていった。涼真の住んでいる町には高校は一校もなかったので、高校に通学するようになると、隣の娘が通学している人口の多い市の高校に通うことになる。すると、地元の駅から電車に乗って、高校のある隣の市へ一緒に行くことになるかもしれない。隣の家から地元の駅までも一緒の道である。合格した高校がもし一緒の学校だったら、市の駅から高校までも同じ道である。しかも、もし同じクラスになったとしたら、勉強時間も一緒になる。涼真の妄想は広がっていったが、それでもまずは高校に合格しなくてはいけないので、少し冷静になり勉強を続けるように心掛けていた。

隣の娘が涼真の受験する高校を受験するかは分からなかったが、涼真の心の中では、その娘も涼真と同じ高校を受験し、二人共無事合格し、高校の三年間は二人で一緒に通学することになっていた。

「忘却とは忘れ去ることである」と言われるらしいが、「妄想とは空想を事実であるかのように信じること」とでも言っていいのかもしれない。隣の娘と同じ高校を受験しようと約束している訳でもないし、隣の娘は高校に合格するだろうが、涼真が自分の受験する高校に合格するという保証はない。それなのに、受験が直前に迫るにつれ、涼真の妄想は大きく膨らんでいった。でも涼真の良い所は、真剣に妄想はするものの、それはそれであって、自分が勉強しなくてはいけない時には学習に集中してしっかりやっていた。そして休憩の時間には心に妄想が忍び寄り、もう涼真の自制心は働かなくなっていた。時間にすると、五、六分であろうか、妄想をし、妄想が過ぎ去ると、また勉強に集中した。

五、六分間の妄想とは次のようなものであった。涼真は早起きなので、高校生になっても余裕を持って合格したその高校へ向かう。隣の娘はまだ朝食を食べているので、玄関から「早く行こうよ」と娘に声を掛け、待っていてあげる。娘が少し遅くなると、二人は小走りで地元の駅に向かう。隣の市に向かう電車の中では、その日、高校でどんな勉強をするかを二人で話し合う。同じ高校でもクラスは違うかもしれない。また、部活動も違うかもしれない。それぞれがそれぞれの充実した高校生活を送る。でも帰りには二人が学校の正門で会い、市の駅まで一緒に帰る。その時に、それぞれがどんな学校生活だったのかを話し合う。帰りの電車の中ではその日に学校で勉強した内容について話す。隣の娘は、学校での勉強の内容をほとんど理解している。涼真は学校での勉強内容の理解が完全ではないので、分からなかった内容を隣の娘に教えてもらう。地元の駅から二人の家までも一緒に帰り、隣の派出所の玄関に着くと、「また、明日一緒に行こうね。さようなら」と言って別れる。

そのような妄想で、飽きもせず似たような妄想が数日続いた。そのような妄想を勝手にしているものだから、高校の受験の勉強も、あまり苦にはならなかった。

そして高校受験の日が来て受験し、数日が経過し合格発表があり、四月からは涼真も高校生になることになった。その頃は合格した喜びから、あまり隣の娘が自分と同じ高校を受験したのかどうなのかは深く考えていなかった。ところが現実は、それまでの涼真の妄想とは違っていた。三月で二人は中学校も卒業し、四月から高校生になる。涼真の自分勝手な妄想は、本当に妄想に過ぎなかったのだ。隣の所長の一家は、涼真の全く知らない遠くの地域へ引っ越していったのだった。涼真は確かに合格の喜びはあったのだが、隣の娘が遠くへ引っ越していったことに、表現することの出来ない悲しみを感じた。


その後の涼真にとって、他にも警察官の思い出がある。

涼真は地元の高校を卒業すると、東京の大学に合格し、初めての東京に行くことになった。どういう関係で知り合いになったのかは忘れてしまったが、大学一年生の時、二学年上の大学三年生の先輩が、涼真に親切にしてくれていた。一年目の七月だったと思うが、その三年生の先輩が涼真を富士登山に誘った。涼真はその先輩を尊敬していたし、特別に富士登山に関心があった訳ではないが、何といっても富士山は日本一高い山である。一度は登ってみることに異存はなかった。

涼真は登山に対して何の知識もなかったので、全てその先輩に任せた。その先輩は服装も靴もリュックサックも全て登山用だし、涼真に対してアドバイスをしてくれたのだが、涼真は靴は登山用ではなく運動靴で、一本の登山用の棒を持参した。富士山の麓までの交通機関は全て先輩に任せっぱなしだった。先輩に任せて全てを行動したので、どういうルートの行程だったのかはあまり覚えていないが、確か東京から中央本線で大月まで行き、そこから富士急行線で富士吉田まで行ったような気がする。

富士吉田の駅で下車すると、二人で富士山に向かって歩き出した。途中で地元の女子中学生数名と擦れ違ったが、女の子達全てが赤い頬《ほお》をしていた。「赤いほっぺ」というのが富士吉田の印象として残った。食糧がどのぐらい必要だったのかは覚えていないが、登山に困らないぐらいは持っていったのだろう。食糧に関しても全て先輩のアドバイスに任せていた。

富士登山というと、今では大変な人気である。富士山はユネスコ世界文化遺産となっている。文化遺産となる前に、富士山を世界の自然遺産にしようという運動があったが、自然遺産にはならなかった。その後、静岡県や山梨県の地元の人々や富士山愛好家や多くの人々の努力があり、富士山は世界文化遺産となった。でも涼真は思うのだった。富士山は次のように言っているだろうと。「俺は昔から日本一の山だ。世界の自然遺産であろうと文化遺産であろうと、そんなことで俺の評価を決めてもらっては困る。多くの人が来て、多くの塵《ごみ》を捨てていってもらっては困る。今は休んでいるが、実は俺は日本一の火山だからな」

大学一年の涼真が富士登山をした時は、まだ世界文化遺産ではなかったし、登山をする人も少なかった。先輩も涼真も若くて元気だった。今では爆弾登山といって禁止されるのではないかと思うのだが、登山口まで歩き、登山口から一気に富士山に登っていった。一度、途中の山小屋で休憩をとったと思うが、先輩が「富士山の頂上で御来光を仰ぎたい」と言うのだ。涼真も先輩に同調し、二人してひたすら頂上を目指して登っていった。かなり疲れたはずだが、本当に二人共若かった。苦しいという気持ちより、頂上に立ったという喜びの方が遥かに大きかった。もうすぐに御来光となる時間だった。そして遂に富士山頂上での御来光。本当に美しかった。涼真は今までに感じたことのない感動を覚えた。

自然界の美しさは無数にある。山の美しさ、海の美しさ、滝の美しさ、星空の美しさ等、数えていけば枚挙に暇《いとま》がない。富士山頂上からの美しさも、それ等のうちの一つだった。

日本でも、雨が上がって日が射してきた時、時々太陽と反対側に虹が掛かることがある。雨が上がった時、東に太陽があり、西空にまだ細かな雨粒があれば、太陽の光が反射し、美しい虹となる。夕方だったら東の空に虹が掛かる。大きく美しい虹は日本各地でよく見られる。形は円弧状だが、全体が現れず一部分だけの時もある。色は日本では七色の虹と言われ、赤、橙、黄、緑、青、藍、紫色の帯が円弧状になっているのが一般的なようだ。

他にも日本で見られる不思議な自然現象の一つに蜃気楼《しんきろう》がある。大気中を通る光線が異常屈折を起こした時に見られる現象で、空気中の急激な温度変化により密度が急に変化し、光線が大きく屈折する時に起こるらしい。国内で有名なのが富山県の富山湾で発生する蜃気楼だ。晩春から初夏にかけ、海面上に雪解け水が大量に流入し海面を覆ってしまうと、海水より雪解け水の方が比重が小さいので、気温の変化が起こり、そこに暖気が吹き込むと蜃気楼の発生となる。場所は大気中の下層で、地平に近い大気中の層で、下層が冷えて上層が暖かくなると、物体からの光線は上方に膨れ上がり、水平線より遠方の物体が浮き上がって見える。これが富山湾の蜃気楼だ。そして大気温の微妙な変化で、物体が倒立して見えることもあるそうである。オホーツク海でも同じような蜃気楼が発生する。

それとは反対に、大気中の下の層が暖かくなり上の層が冷えてしまうと、物体からの光線は下の方に膨らんで曲げられてしまい、物体が浮いて見えるらしい。逃げ水や浮き島がそれに当たり、砂漠地方や舗装道路上や砂浜等では太陽光で地面が高温となり、遠くから見ると、そこに水たまりがあるように見えたり、物体がはっきりと見えているのに、近づいてみると、そこには水も物体もない。空気や温度や光等、地球の自然現象は本当に不思議である。

日本では見られないが、自然界の中の美しいものにオーロラがある。別名極光とも言われる。オーロラの見られる場所は極光帯と言って、最も頻繁に出現するのは地磁気軸極を中心としておよそ二十度から二十五度の間の帯状の地域である。北緯、南緯で言うと、六十五度から七十度に当たる。北半球では、ノルウェー、スウェーデン、フィンランドの北部、ロシア、アラスカ、カナダの北部で見られる。南半球では南極点ではあまり見られないが、南極大陸は大きいので南極大陸の南極海周辺で見られるらしい。現れる高度は約百キロメートル以上の空中なので、地球の大気圏外なので、オーロラは宇宙で輝いていることになる。地球の大気が約百キロメートルと言われているので、宇宙と地球の境にあの美しいオーロラは出現していると言うことも出来る。普通では日本では見られないので、テレビの映像等でオーロラの美しさは見られる。形も刻々と変化していくし、カーテンのような幕状の形が波打つように動き、色も赤っぽいものが緑っぽいものになったりする。それはそれは美しい。

太陽から出る帯電微粒子に起因し、磁気嵐に付随するらしい。太陽と地球の距離が約一億五千万キロメートルであり、光の速さが秒速約三十万キロメートルということなら、約八分二十秒かかって太陽の光が地球に届くことになる。光が最も速いと言われているので、荷電粒子はもう少し遅く地球に届くのではないだろうか。あの美しいオーロラの輝きは、地球の超高層の稀薄な大気に対して、太陽に起源をもつ荷電粒子が射突することによって光を発する。荷電粒子の一つと、超高層大気中の原子または分子との衝突が起こると、光子を発生し、発光の色は射突を受けた原子または分子の特性によって、その色が決まるらしい。一般にはあまり原理は分からないが、とにかく美しいらしい。

自然界では不思議なことや美しいことが本当に多いが、涼真にとって富士山頂上からの御来光の眺望は、本当に美しく彼の心を感動させた。

先輩は大学卒業後二年間大学院にも行ったので、涼真とは四年間付き合うことになった。冬にはスキー場でのスキーに誘ってくれた。涼真は子供の頃から家の近くの小高い丘で、近隣の子供達と雪の中で手造りのソリ等で遊ぶことはあったが、スキー場まで行ってスキーをすることはなかった。この大学一年生の冬に先輩と一緒にスキー場まで行ってスキーをしたのが初めてだった。

先輩がいつからスキーをしているのかは知らなかったが、涼真から見るとスキーも上級者クラスだった。先輩は学業も素晴らしく、スポーツも万能で、ボランティア活動もやっていて、外観も良く多くの人々に好かれていて、他者からの信任も非常に厚かった。そんなに立派で尊敬出来る二歳上の先輩が涼真に対して親切にしてくれることは、本当に嬉しかったが、何故こんなに良くしてくれるのかは涼真自身にとっても不思議だった。涼真のスキー技術が少しずつ上達していったのは、先輩がスキーに誘ってくれたことに起因するところが大きかった。

スキー場への手配も全て先輩がやってくれていたので、一年目、二年目、三年目にどこのスキー場でスキーをしたのかは、はっきりとは覚えていないが、長野県、群馬県の山が多かったような気がする。夜行列車で行ったりスキーバスで行ったりと、交通費もあまり高額にならないように、先輩が考えて連れていってくれていた。行きの睡眠は夜行列車や夜行バスの中で取ることが多かったので、初日のスキーは疲れているはずだが、スキーを滑れるという高揚感と若さとでもって、全く苦にはならなかった。

あの頃のスキー場では、雑魚寝をすることが多かったが、みんなスキーを滑った疲れで、深い眠りに陥っていた。雪景色も美しい。涼真は子供の頃から地元の丘や山が雪で白くなるのは好きだった。二月や三月には家の近隣もよく雪が降っていた。でもスキー場の雪は、何故か平地の雪とは違っていた。山の上からスキー場、そしてその下の地域まで全て一面が真っ白な景色が、地元の雪とは違うと感じていた。そしてスキー場での雪の中では、どういう訳か風邪をひかなかった。北海道や東北の冬は、場所によっては一面の銀世界で美しく神秘的でさえある。しかし、スキー場へ来ると、リフトがあり、それに乗ってスキーヤーが上へ上がっていく。斜面を色とりどりのスキーウエアを着たスキーヤー達が滑走していく。とても楽しそうであり、活気があり華やかで、スキー場全体に花が咲いたような賑《にぎわ》いがある。

先輩に誘われてスキー場でスキーをした経験は、涼真にとっては本当に新鮮なものとなった。大学一年目の夏に初めての富士登山をし、その年の冬に初めてのスキー場でのスキーをし、二年目、三年目とスキーで三年連続の先輩からの誘いがあり、涼真もまさに大学生活を謳歌《おうか》出来た。

先輩は大学二年生までは、他の同級生達も同じだったらしいのだが、まるで高校生達が難関大学を受験する時のように熱心に勉強したということだった。大学三年生からは専門の分野の勉強となるので、江戸時代の加賀藩屋敷のあった場所近くの校舎に移動し、熱心に勉強を続けていた。勉強する時は集中し、遊ぶ時には涼真を誘って思い切り楽しんだ。大学院の二年間も熱心に勉強を続け卒業したので、涼真にとっては四年間先輩と一緒だった。そして四年目の夏に、涼真にとって二度目の富士登山を経験することになった。

大学一年生の時と同じように、富士吉田からの麓からの全て徒歩での登山だった。一度は経験があり二度目といえども、やはり爆弾登山は苦しかった。この時も山小屋で数回の休憩はとったが、とにかく先輩の「富士山の頂上で御来光を仰ぎたい」という気持ちは強かった。二度目の富士登山ともなると、涼真は、あまり無理をしなくてものんびりと気楽に登ればいいという気持ちが強くなっていたが、先輩は一回目に登った時と同じだった。「やはり頂上で御来光を仰ぎたい」と言う先輩に対し、涼真はそこが自分と先輩との違いだと感じた。

涼真も怠けるタイプではない。普通程度には努力したいと思っている。しかし、一流を目指す人々は違うと思った。スポーツでも勉強でも他のあらゆる方面においても、一生懸命な努力を続けていく人は、少しずつではあるが確実に向上していくのだ。

先輩の頂上での御来光という気持ちを受け、今回も先輩に導かれて登って行った。懐中電灯で前方を照らしながらも、時には二人で足を止め、上空を見上げた。登山道は暗黒の世界のようであったが、上空を見上げた時、一瞬別世界に誘《いざな》われたような衝撃を覚えた。空一面が星の世界だった。満天に輝く星々、美しい。本当に美しかった。この頃涼真はオリオン座と大熊座の北斗七星は知っていたが、それらがどこにあるのかは分からないほど、空はたくさんの星でいっぱいだった。

再び二人は懐中電灯を前方に照らし、暗黒の山道を登って行った。強行の登山だったので、涼真にとっては少し苦しかったが、先輩の後押しもあるので、とにかくひたすら登って行った。三年前に富士登山の経験があったので、今回は少し楽な気持ちで麓から歩いていたが、それでもやはり苦しかった。そしてまた、二人で足を止め、二人で星を仰ぎ、暫《しばら》くすると二人で頂上を目指し登って行った。

頂上に近づいてきたが、まだ太陽は昇ってはいない。しかし少しずつ東の空が明るみかけていた。ほぼ先輩の立てた予定通りに登ってきていた。頂上が近づき、二人は力を振り絞って登って行った。そして、遂《つい》に富士山の頂上に辿《たど》り着いた。段々と東の空が明るみかけている。登り切った安堵《あんど》感と頂上からの自然の美しさに、二人は言葉に表現出来ない満足感でいっぱいだった。二人は今か今かと御来光を待っていたが、なかなか太陽は姿を見せなかった。

「先輩、なかなか昇ってきませんね」

涼真の言葉に、先輩もただ

「そうだねえ。もうすぐだと思うんだけど」

と言って、二人は頂上で待ち続けた。かなり空が明るくなってきているので、まだか、まだかと思うのだが、なかなか二人の思うようにはいかなかった。そして、遂にその時が来た。御来光だ。

初め太陽のてっぺんだけが、ほんの少しだけ姿を現した。その時、二人は「あっ、出たっ」と感動した。頂点が少しだけ上がってくると、後はスッスッスーと赤みを帯びた太陽が、まるで生き物のように上へ上へと進んできた。太陽の周辺の空も、見る見るうちに、明るくなり、色も暗めの紺だったものが、明るく赤と青が交錯するように変化していく。濃紺だった空は紫紺から紺青へと色を明るくしていった。深紅の太陽が少し橙色を帯び、そして黄金色に輝きだした。先輩と涼真以外にも御来光を拝む数名のグループがあり、「ばんざあい、ばんざあい」と数箇所から歓声があがっていた。二人も御来光に手を合わせた。やはり思っていた通り美しい。輝く太陽と朝焼けの空、そして富士山頂からの下界の風景。本当に美しかった。

我々地球上の人類からすれば、あの太陽だけが唯一の太陽だ。宇宙からの視点で見てみると、我々の太陽のような恒星は無数にある。そして我々の太陽よりももっと大きい恒星も数えることは出来ないほどたくさんある。でも我々人類からするとあの太陽こそが、地球上に生命を与えてくれた源である。世界中の人達が、元旦や世界中の山々で御来光に向かって手を合わせたくなるのは理解出来る。

五十億年も前に誕生した我々太陽系の中心の太陽。その周囲を公転する約四十六億年前誕生の惑星達の中の一つの地球。太陽系の八個の惑星の中では、地球にだけ生物が生きていける環境が調っている。水が出来、空気が出来、気温も約五十度から氷点下五十度までの間、海の中で微生物が誕生し、植物性プランクトン、動物性プランクトン、植物そして動物。生き物が海から陸上へ。長い長い植物や動物の歴史があり、ようやく人類。地球の誕生からすると、人類は本当に短い年月だが、人が太陽に手を合わせたくなるのは、その遺伝子の中に、有無を言わさず組み込まれているのかもしれない。

人は長生きする人もいるし、短命で終わってしまう人もいる。交通事故や不具の事故等で命を落とす人もいる。人それぞれに寿命は違う。仮に一人の人の人生を百年としてみると、五十歳を半分と見ることも出来る。それを登山に置き換えると、山の麓から歩いて山頂までがその人の五十年。山頂から麓までの下りの歩きが残りの五十年ということになる。登山とは麓まで辿《たど》り着いてこそ、完歩したと言える。

先輩と涼真は、富士吉田から登り始めたが、富士山頂で御来光を仰ぎ、御殿場方面に向かって下り始めた。まだ山頂から足を動かす前だったが、先輩が涼真に言った。

「福山君、『自然の摂理』という言葉を聞くと、どういうことが頭に浮かぶ？」

その言葉を聞いたのは、富士山の山頂だった。大自然の美しさを実感した直後だった。涼真にとっては、突然の問い掛けだったので、即座には返答が出来なかった。富士山からの下り道では、先輩のその発言からの二人の対話が暫《しばら》く続くことになった。

自然の摂理はって、何だろうか。自然界には人間の力の及ばないものごとが存在し、人間だけでなく、全ての生き物がその自然の摂理に合わせて生きていくように仕組まれている。植物や動物は自然の摂理のあるままに命を全うしていくが、人間だけがどうも「自然の摂理」が何かをあまり考えずに、人間には何でも出来るかのように考えている。「おそれる」という言葉も「畏れる」という漢字を使うと、尊いものを敬い、畏《かしこ》まるとなるが、「恐れる」という漢字なら、こわがるとなるようである。自然とは「畏《おそ》れる」存在であるはずなのに、地震や台風や津波等の自然の災害に対し、人間は自然を恐れている。大地震や大津波が発生し、人間が自然を恐れるのは当然だが、本来は人間は自然を畏れなくてはいけないのではないか。自然の摂理を考え、自然を畏れ、自然の恵みに感謝し、自然の恵みに身を委《ゆだ》ねる、そのようなことを、先輩は涼真に言いたかったようであった。

富士山頂から二人で少しずつ下りながら対話していくうちに、先輩と涼真の意見が対等に流れていくようになった。初めは先輩の発言が、あまりにも突然だったので、涼真の返答が遅れたが、涼真にとっても自然に対する畏敬の念は強かったので、二人の気持ちはお互いに通じあっていった。

「摂理」という言葉は「自然の摂理」として当然一般的に使うが、宗教面ではキリスト教で、人間の智恵を超えた神の意志を言うようである。神は人間に対し、神が望む良い行いをしてほしいということで、決して人間が勝手な悪い行いをしてほしくはないようである。悪魔の囁《ささや》きに引きずり込まれて悪事を働くのではなく、天使に導かれて神の望む良い行いをしてほしいということだ。人間は千差万別ではあるが、心掛け次第で「神の摂理」を理解し、世のためや人のための良い行いは誰にだって出来るようである。先輩の意見では、「神の摂理」よりも「自然の摂理」を強調したかったようであるが、キリスト教の話題が二人の間に上ったことで、涼真が言った。

「宗教というのは、人間の苦しみを救うものだと思うんですよ。ということは人の間の平安を願うことが宗教の本質だと思うんです。それなのにどうして宗教間で戦争が起こるんでしょうか？」

先輩も涼真の疑問に対して同感だった。何故、宗教間で戦争が起きるのか。サウジアラビア、イラク、イラン、ヨルダン、シリア、トルコ、アフガニスタン等の中近東の国々はイスラム教が広く信仰されている。それなのに戦争が起こるのは宗派の違いによってではないかと思われる。

「イスラム教の創始者マホメットは悲しんでいるでしょうね」

「うん、そうだろうね」

歴史的にみて、異教間での紛争は長い間続いてきている。同じ宗教での宗派間の紛争はイスラム教に限ったことではない。仏教でもキリスト教でも他の多くの宗教でも、歴史を遡《さかのぼ》ってみると紛争が発生してしまっている。長い間の経験を経て、多くの宗教は他の諸宗教との融和を図るようになってきていて、今では色々な宗教が協力し合って世界の平和の実現のために努力している。ということは、長い目で見ていけば、現在の中近東での宗教間紛争も終結へと向かうのかもしれない。でも願いとすれば一日も早く平和になってもらいたいものだ。

「イスラエルでは首都エルサレム問題で大変ですね」

という涼真の問い掛けに、先輩にもエルサレム問題は非常に複雑で難しそうであった。

「イスラエルという国でありながら、エルサレムはどの民族の首都なのか、パレスチナ自治区という所もあり、ガザ地区もパレスチナ自治区があったりと本当に複雑だよね」

それぞれの民族の利害関係があったり、それぞれの宗教の主張があったりして、この問題の解決は難しい。

世界の三大宗教は仏教、キリスト教、イスラム教である。仏教はインドで起こり、東南アジアや東アジアに広まり、日本にも伝わった。聖徳太子が日本を仏教の精神で統治しようとしたことは有名である。歴史的に見ると仏教が一番古く、紀元前約五百六十年頃、釈迦《しゃか》が説いた教えと言われている。釈迦は悟った人と言われ、仏教では悟りを理想としている。キリスト教は仏教とイスラム教の中間あたりの年代で、パレスチナ地方で発生したが、これが現在のエルサレムの問題になっている。ユダヤ教、キリスト教、イスラム教が関連し合って揉《も》めている。日本のカレンダーも現在では西洋暦を採用しているが、西洋暦は一応イエスの誕生から始まるとされている。キリスト教ではイエスが救世主キリストであり、愛の教えであると言われている。そして、三番目がイスラム教で、紀元後約五百七十年頃予言者マホメットによって起こされた宗教である。三大宗教の一つ仏教はキリスト教やイスラム教とは、あまり関連性はないが、キリスト教とイスラム教が実に複雑な関係となってしまっていて、現在でも中近東で紛争の火種となっている。

涼真は先輩にたずねた。

「長い間紛争が続き、現在でもエルサレムやパレスチナの問題が解決されないし、イスラム教の宗派間でも紛争が続くということは、それぞれの主張が相当違うんでしょうね」

その涼真の問いに対し、先輩は自分なりの意外な考えを持っていた。

「いや、それがね、実はユダヤ教やキリスト教やイスラム教というのは、本質的には統一性を持っているんだよ」

先輩の考え方は次のようなものだった。

ユダヤ教は「旧約聖書」を聖典とする一神教であり、古代イスラエル人の宗教として発展していった。天地万物の創造主「ヤーウェ」を一神とし、ユダヤの人々の間で伝えられ、信仰され続けていた。そのユダヤ教がキリスト教に伝承されて世界宗教へと発展していく。どうして同じ系統かというと、キリスト教でも「旧約聖書」は聖典であり、唯一の神が天地万物の創造主であるという理由からだ。でも確かに違いはある。「旧約聖書」の後に「新約聖書」が書かれているが、この「新約聖書」は救世主イエス・キリストのことが書かれている。

新約聖書の中の一部に、「心を尽くし、精神を尽くし、思いを尽くして、主なるあなたの神を愛せよ。自分を愛するようにあなたの隣り人を愛せよ」とあるように、教えの中心は「愛」であると言われている。ところが、ユダヤ教の指導者達からは、イエスが救世主であるということは、彼らからみるとイエスは危険な人物ということになり、当時のローマ人総督ピラトによってイエスは十字架上で処刑されている。一方、イエスを支持する人々から、イエスは神の子として復活した、イエスはやはり救世主メシアであったと言われ、イエス・キリストの信仰となりキリスト教が誕生している。

このことが歴史的に見ると、ユダヤ教とキリスト教との対立となり、現在でもエルサレムの問題へと続いている。先輩の考えでは、この違いは、当時のユダヤ教の指導者達の問題であって、人間の利己的な部分を超越すれば、ユダヤ教の唯一の天地万物の創造の神も、キリスト教の神も同じであって、ユダヤ教とキリスト教は同じ系統であると考えていいのではないかということである。

先輩に言わせると、イスラム教だってユダヤ教、キリスト教の流れの中で発生しているので、同じ系統だということである。現在でもパレスチナ問題等でエルサレムの対立の紛争となったり、イスラム教の原理主義の人々が世界中でテロ事件等を発生させている。しかし、これらは極端な人々であり、多くのイスラム教徒の人々は平和を求めている。イスラム教は紀元後五百七十年頃、予言者マホメットによって起こされた宗教だ。神はユダヤ教ともキリスト教とも同じで唯一神である。ただし神の名は「アッラー」だが、先輩によると「アッラーの神」も「ヤーウェの神」も同じではないかと言っている。国の名前でもミャンマーは以前はビルマと言っていた。山の名前でもアラスカのデナリは以前はマッキンリーと言っていた。名前の呼び方は、地域の人によっても、各国の人によっても、時代によっても違ってくる。つまり、ユダヤ教の神もキリスト教の神もイスラム教の神も、先輩から言わせると同じ神だということだった。

宗教間の紛争は人間の問題だと言いたいのである。イスラエルとパレスチナの対立も、エルサレムにおける、ユダヤ教とキリスト教とイスラム教との対立も、全て同じ神の意を汲んで、お互いに対立するのではなく平和的に解決していってもらいたいものである。先輩の意見によると、宗教の本質は人間の心の中にある不安や不満を解消し、神の下《もと》に全ての人が救われ、世界中の全ての国々が平和になり、人々が愛情で結ばれ、幸せになっていくことではないだろうかというものであった。

様々な話をしながら、先輩と涼真は富士山を下って行った。富士登山のルートはいくつかある。五合目までは車でも行ける。五合目ではぐるりと一周することが出来たように思う。でも五合目から上には足で登らなければならない。それが苦しい。そして上に登るだけでなく下って降りていくのもまた苦しい。先輩も涼真も、上りでも下りでも共に苦しかったが、そこは二人共に若かった。疲れはあるものの無事に御殿場まで歩き通した。

先輩と涼真の二回目の富士登山は、先輩が大学院の二年目、涼真が大学の四年目の夏休み期間中のことだった。夏休みが終了し、授業が始まると、後は卒業論文の制作や、卒業後の就職のための活動で忙しくなった。日常の活動では先輩は涼真にアドバイスや援助を続けていっていたが、特に登山やスキーのような二人にとって非日常的な行動はほとんどなかった。そして二人は卒業後の就職も決まり、やがて先輩が大学院を、涼真が大学を卒業していった。

先輩は警視庁の警察官となった。涼真は子供の頃、警察官になりたいと思っていたが、実際にはならず、他の職に就いた。中学生時代、高校生時代、大学生時代と自分なりに変化していくなかで、警察官になりたいと思っていたことさえ忘れていた。でも、先輩が警察官になったことで、朧《おぼろ》げではあるが、自分が警察官は英雄であり、正義の味方であると思っていたことが思い出されることがあった。警察や自衛隊は仕事の内容上、他の一般の会社よりも、制度が厳しい。一般の会社でも社長、部長、課長等の仕事上の役柄はあるが、やはり警察や自衛隊等の方が上司や部下の上下の関係は厳しい。涼真は先輩が警察官になるとは思っていなかった。弁護士や官吏《かんり》官僚になるものと思っていた。でも、あれだけ大学でも大学院でも優秀であったし人格的にも立派だったので、段階的に出世していき将来的には警視総監も夢ではないのではないかと思っていた。

涼真が社会人となってからは、先輩も忙しく、二人が直接に会うことは段々と少なくなっていった。そして、年に一度の年賀状の交換ぐらいとなっていった。数年後の年賀状で先輩は結婚し、長女が誕生したとの連絡があった。先輩は仕事も順調で、結婚生活も奥さんと仲良く、娘も可愛く生長し、本当に幸せな生活を送っているようであった。涼真は大学時代に先輩と出会い、本当によく面倒を見てもらい、実に尊敬していたのであるが、それでも時は流れ、各個人の環境は変化していく。そして涼真の思いとは違い、先輩がどういう生活をしているのかを知る機会も段々と希薄となっていった。

涼真の警察官に対する思い出、それは叔母さんと結婚し叔父さんとなった警察官。子供の頃の隣の警察派出所長の娘、その少女は涼真と同学年だった。そして大学時代に出会った尊敬する先輩。涼真にとって、警察官はまさに、子供の頃、心に抱いていた英雄であり正義の味方であった。子供の頃から、警察官に憧れ、思い出として涼真の心に刻まれ、尊敬する先輩までが生涯の仕事として捧げることになった警察官。それは涼真にとって、愛すべき警察官達であった。

涼真は大学卒業後はそのまま東京で就職した。平凡な社会人生活を続けていた。堅実な生活をしていたので、少しずつ貯金も貯まっていっていた。給料の一部を某銀行に預けていたのだが、某銀行の預金が一定額まで貯まってきたところで、担当の女子行員からの提案があった。この銀行は某生命保険会社との提携関係があるので、涼真の預金をこの生命保険会社の利率市場連動型年金保険に移すように勧誘してきたのだった。当時、銀行では金利が低いので、この保険の方がずっと有利であるとのことだった。ただし銀行預金とは違い、契約した時の元金よりも減ってしまう危険性もあるとのことだった。

涼真は堅実な生活を好む傾向があったので、この勧誘にあまり乗り気ではなかった。仕事の同僚から競馬に誘われたことがあったが、断ったことがある。その同僚の話によると、馬は本当に美しく、走る姿は感動的だということだった。涼真は競輪や競艇もやったことはなかったが、同僚の熱烈な話を聞いていると、馬というのはいいんだろうなと思った。それでも、競馬場に行こうとは思わなかった。競馬、競輪、競艇等に比べてみると、銀行預金を年金保険に移すことは、危険性は少ないと思った。銀行の担当女子行員は銀行の金利が低いことを申し訳なさそうにしていた。年金保険への預け置き期間は十年間ということだった。涼真の預金総額は三百万円に達していた。この女子行員の計算では、満期まで年金保険に置いておけば、三百六十万円になるということだった。涼真は自分の耳を疑った。しかし、この金利がうまくいかない場合でも約二百五十万円ぐらいは返金出来るということだった。この担当女子行員は熱心に勧めた。この情熱が涼真の心を打った。それに十年間据え置くというのも涼真の考え方と一致し、預金を年金保険に移すことにした。

十年後にこの保険の金額に関しては何の問題もなかったのだが、この保険が別件で、涼真にとって一つの大変な問題を引き起こすことになるのだった。しかも十年後に、涼真はこの時の保険のことをすっかり忘れてしまっていた。そしてこの保険は十年間そのまま据え置きとなり、涼真の記憶からは離れ、一人で利率市場連動型でひたすら活動を続けていっていた。

人生なかなか仕事が順調に進むばかりではない。涼真にとって、非常に心に衝撃を受ける出来事が起こってしまった。人生山あり谷ありで、悪いことばかりは続かない。人生万事塞翁が馬ではあるが、涼真にとってはどうしても簡単には乗り越えることの出来ない状態に陥ってしまい、無念ではあるが、東京での仕事を退職し、地元東北に帰る決心をした。動物が好きであったし、東北の大学に乗馬クラブという部活動があるという噂《うわさ》も聞いたことがあったので、故郷の大学に興味を持っていた。東京で同僚から競馬に誘われた時には競馬場には行かなかったが、それでも同僚が馬の話をする時には生き生きとしていて楽しそうだったし、その姿は涼真の脳裏に残っていた。馬とはいい動物だなあという気持ちは強くなっていた。涼真は自分のある堪え難い東京での苦境を振り払い、故郷東北へ帰り、東北のある大学でもう一度勉強し直すことにした。

高校を卒業して大学生になった学生は、試験に合格して喜んでいるし、新しい生活に希望も持って生き生きとしている。しかし社会で仕事をした後で大学生になった場合は、もちろん喜んでいる人も多いが、やはり高校卒業後の大学生とは違っている。高校卒業後の大学生は、当然大学卒業後には就職を考えている。

涼真は社会人を経験した後での学生になれたが、自分で新しい仕事を始めるかどうかについては少し迷っていた。でも、ある一つの仕事をやりたいとは思っていた。それは小学生に英語を教えるという仕事だった。涼真自身、英語を教えることが出来るだろうという自信は少しは持っていたが、しかし英語力を持った若い女子大学生が小学生達に英語を教えてくれたら、自分がやるより良いだろうと考えた。

大学の一年目に、学校の図書館である一人の女子大学生と知り合いとなった。その女子学生は虫に興味を持っていた。他の女子は虫を嫌う人が多かったが、彼女は違っていた。理科が好きなのか、虫だけでなく他の動物や植物も好きだった。それだけでなく天文や地学にも興味を持っていた。でも涼真の求めていた英語力があるかどうかはよく分からなかった。どうも英文学部や教育学部ではなさそうだった。

英語以外のいろんな話をしていくうちに、涼真はその女子学生が自分の娘でもあるかのように感じるようになっていた。涼真は東京でのある出来事が発生して以来、愛情喪失症候群となってしまっていて、まだ結婚出来ていなかった。それなのに、その女子学生を娘のように感じるようになったし、その女子学生は母子家庭で育ち本当の自分の父親を知らなかったためか、涼真を自分の父親のように感じるようになっていた。二人は大学の一年目、二年目と、本当の親子のように学問や人生等の話題でお互いの考えを述べ合っていた。

涼真が校内で大変な出来事に遭遇していったのは二学年も終了しようとしていた頃であったが、そのことを涼真は、自分の娘のように感じていた新垣景子には一切話していなかった。そして景子もそのことには全く気が付いていなかった。

学年が次の学年に移り変わる春休みも大学の場合は期間が長い。春休みの二月だった。大学の構内はかなり広い。校舎もほぼ学部別になっていて、構内では自分の大学でも足を踏み入れたことのない場所も結構多い。涼真は、小学生に英語を教えてくれる学生がいそうな教育学部のある建て物の方へ向かった。春休みなので人影はまばらだった。教育学部の建て物の玄関出入り口に、「教育学部」と書かれた大きな木の看板が掛けてあった。春休み期間中なので、学生はいないだろうと思っていたが、涼真が看板の前に立っていた時、校舎から一人の女子学生が出て来た。涼真はその学生に声を掛けてみた。

「小学生に英語を教えてくれる人を探しているんですが、友達か誰かで、やってくれるような人はいませんか」

涼真はメモ書きをした紙を見せて説明した。すると本当に意外にも、その女子学生が、

「これ、私がやります」

と言ってくれた。涼真にとっては本当に驚くべき出来事だった。まさか最初に声を掛けてみた人が、一回目で承諾してくれるとは思ってもいなかった。

涼真は自分の連絡先として、住所、氏名、電話番号等を紙に書いて、その学生に渡し、その学生の名前も聞かずに、

「四月から始めますので、私の所へ連絡して下さい」

と言って、喜んで帰っていった。

冷静に考えてみると、自分の情報を相手に伝えるだけでなく、相手が承諾する場合はその人の名前等は聞いておくべきだったのではないだろうか。おっちょこちょいと言うのか、軽率だった行動に対し、涼真は反省した。その学生の名前も連絡先も聞いていない。これでは涼真の計画は実行出来ない。数日後、また教育学部の玄関口まで行ってみた。当然だが、そこに行ったからといって、同一人物に再会出来るわけではない。どうしたら、またあの学生に会えるかを考えてみた。

良い考えは浮かばずに、大学の正門近くの自転車やバイクの駐車場まで歩いてみた。他の学生が駐車場で自分のバイクを動かそうとしていた。その学生に聞いてみても、先日の承諾してくれた学生を捜し当てることは不可能であろうと思われた。その学生とも初対面だったので、当然その学生の名前も分からないのだが、その学生の献身的な協力で事が進み、最後に本人が自分の名前を教えてくれたのだが、その学生の名前は堀北はるかと言った。堀北はるかは駐車場で、涼真に声を掛けられ、少し驚いた様子だったが、小学生に英語を教えてもいいという教育学部の学生を探しているという涼真の真意を理解し、自分のスマートフォンを取り出し、いろいろな友達に連絡してくれた。涼真ははるかが熱心に協力してくれているので、有り難く少し申し訳なく思ったが、それでもあの承諾してくれた学生を捜し当てることは無理だろうと思った。

はるかは本当によく尽力してくれた。スマートフォンで、ある一人の友達からの返答に解決の可能性がないと分かると、また次の友達へと、次から次に連絡を続け、涼真の要求している件に対し、徹底的に探求していってくれた。

そして一人の教育学部の学生の可能性があると捜し当ててくれた。最終的にはその学生は、涼真が捜している学生とは違っていたのだが、一応はるかの発案で、可能性があるとあげた候補者に連絡を取りたいということで、教育学部の英語担当教授に直接に折衝してくれるということで案内してくれた。英語担当教授ははるかが一学年だった時に、教養教科で英語を教えてもらった教授だということだった。春休みなので、当時はるかは二年生だったが、四月から三年生になるということだった。学部は違うが、景子や涼真と同学年である。

はるかは涼真を教育学部の校舎内へ案内した。春休みといえども、一階の事務室では学校の事務職員達は仕事をしていた。その事務室前の廊下で、まさに偶然にも、はるかが捜していた英語教授とばったり出会った。その教授にはるかは、涼真が教育学部の学生を捜しているという内容の説明をしてくれた。涼真が捜している学生と、はるかが可能性があると言った学生が同一人物であるかを確定させるためには、教授の研究室にある写真を見れば分かるということになった。教授は、研究室にあるゼミの学生達がみんなで一緒に写っている写真を見せるために、はるかと涼真を自分の研究室へと導いていった。三人でエレベーターに乗り込んだ。教授の研究室のある上階へと向かった。

そして三人は教授の研究室に到着した。教授は話し好きで気さくな人柄だった。暫くお互いの人間関係を紹介し合った後、教育学部の英語科の学生であろうという人物の写真を三人で確認することになった。その写真は研究室の一つの壁の掲示板に飾られていた。二十名近くであろうか、学生達がクリスマスパーティーでもやっている時の写真のような雰囲気で学生達は楽しそうであった。はるかがこの人ではなかろうかという学生の名前を伝えると、教授は涼真に対し一人の女子学生を指さした。涼真はその学生を確認してみたが、明らかに違っていた。

「違いますねえ。写真と実物とは写り方にもよりますが、でも、やっぱり違います」

はるかが推定した人物は、涼真が捜している人物とは違っていた。写真の中の他の学生達を次々と涼真は確認していった。数日前に直接会った学生が、この写真の中にいるであろうとは思うのだが、確信を持って「この人です」とはっきりとは言えなかった。

暫く三人で写真の人物達を見ながら、涼真の説明する情報を頼りに、三人で捜していった。

さすがに涼真も写真だけでは確定することが出来なかった。

「では、私の信頼のおける一人の学生が、ひょっとして知っているかもしれないので、一応連絡を取ってみましょう」

と、教授はその学生に連絡を取ってくれた。

「小学生に英語を教えてくれる学生を探している人が、教育学部の玄関外の看板の所で一人の学生と会い、やってくれると承諾してくれたらしいのだが、誰かそんな可能性のある学生が、あなたの想像で思い当たりますか」

と言う教授の問い掛けに対し、その学生が、

「それは私です」

と言った。教授が電話した相手、その学生がまさに涼真が捜していた人物だった。

「それじゃ、あなたの名前をその人に教えてもいいの」

「はい」

「それから、その人はあなたの連絡先も知りたいらしいのだが、それも教えていいの」

「はい」

と学生が答え、一瞬で問題は解決した。涼真ははるかと教授に心から感謝した。教授は気さくで話し好きな人だったので、その後も暫く研究室の中で三人で雑談が続いた。二人に感謝を伝えて帰った涼真は、次の日、ようやく捜し当てた学生に連絡をした。学生の都合のつく日に、涼真と会うことになった。

　涼真は、次の日、英語の教室を決めるために街に足を運んだ。以前は人通りの多い商店街だったが、最近はシャッターの下りている店も多くなってしまっている。街中の空き店舗を見つけ、テナント募集中の看板を基に、不動産屋へ行き、契約の手続きをした。机、椅子、黒板も取り寄せ設営した。契約はしたものの、すぐに現金が払える訳ではない。英語教室を数カ月続けた後、その数カ月分の店舗代を払い、約一年後に契約金を完了したい旨を伝えた。前金が必要ではあったが、一年後の契約金支払いでは不安定なので、もし数カ月後に契約を破棄しても、四カ月分の店舗の借り賃は払わなければならなかった。貯金の全額を払ったが、一応残りは後日支払いにしてもらった。かえりには、英語教室借店舗の借り入れ金返済が気になったが、それよりも小学生を教えてくれる学生が決定したことの喜びの方が勝っていた。

　学生の都合のつく日が決定し、先日借りることにした教室に、その学生に来てもらった。名前を北川結衣といった。まだ二月中だったので、結衣は大学三年生だった。四月から四年生となるので教員採用試験を受けるということだった。受験の準備も大変になるということではあったが、小学生に英語を教えるということは、本人にとっても夢であるので、就職する前に英語を教えることは一石二鳥で結衣の望みとも合致していた。教室で涼真と結衣は小学六年生を中心に夕方五時から六時までの一時間、英語の基礎について教えていくことを確認し合った。打ち合わせた時間は約一時間だった。三月中に、あと一、二回話し合いをして、内容を詰めていき、四月から新小学六年生を受け入れることにした。

口約束ではあったが、結衣の「頑張ります」というはっきりとした言葉を聞き、涼真は四月が来る日が本当に待ち遠しかった。

三月に卒業式があり、四月に新学年となり入学式がある。まだ三月だったが、涼真は機会を見つけては、二回目の英語の打ち合わせのために結衣に連絡を取ったが、結衣はなかなか涼真の電話に出てくれなくなった。運良く電話が通じた時も、結衣の返事は一回目の時のような明るさはなくなっていた。どうしてなのか涼真にはよくは分からなかったが、四月も近づいてきていたので、段々と心配になっていった。この一、二カ月の間に何が起こったのだろうか。四月からの小学生のための英語教室はどうなってしまうのだろうか。

そして四月になってしまった。二月に合意した結衣との約束はどうなってしまうのだろうか。四月になり、涼真と景子、そしてはるかは三年生になった。そして小学生に英語を教えてくれると約束した結衣は四年生となった。でもまだ四月の初めは小学生も春休み中なので、涼真は少しは結衣に対する期待は残っていた。

四月に入ると、大学でも新一年生の入学式、オリエンテーションがあった。次の日に二年生から四年生までのオリエンテーションがあった。学校によってはガイダンスと言っているが、説明会のことである。景子やはるかや結衣は卒業後の就職があるので、オリエンテーションに出席することになっていた。そして当然出席して、新学年の説明を聞いた。

しかし、社会人学生の涼真はそのオリエンテーションには出席しなかった。でも、その時涼真にとっては大変なことになっていたのだった。オリエンテーションでは新学年での授業のことが中心で、いろいろな教授や関係からの説明があった。そして学生課の職員からの注意事項もあった。一人の男性職員が、

「学生がアルバイトをする場合は、学校の手続以外の方法でやってはいけません。最近、直接学生とアルバイトの交渉をしている人がいるようです。これは禁止します」

と、オリエンテーションで新入生にも、在校生にも伝えていた。このことを涼真は全く知らなかった。涼真にとって、もっと困ったことはこの学生課の職員が、涼真に結衣との連絡を

取ってくれた英語教授を説得し、結衣に、涼真の教室で英語を教える手助けを決してさせてはいけないと伝えていたことだった。

職員の名前は竹内雅治といった。竹内は校内でよく涼真を見掛けていた。初めの頃はあまり警戒していないようだったが、二回三回と涼真を見掛けていくうちに、涼真を不審者と思うようになり、次第にひょっとして犯罪に結びつくかもしれないと思うようになってしまった。竹内は、なんとしても学生達を守らなければいけないという強迫観念に捕らわれるようになってしまった。そして遂に、犯罪を犯すかもしれない涼真から、なんとしても学生を守るのだという決意にまでなっていた。英語教授も竹内からの強い説得で、涼真の英語教室に結衣を行かせないことに決めた。

この学年が新学年に移行していく段階で、実は涼真の小学生に英語を教えてくれる結衣への夢は完全に壊されていたのだった。四月の初めにまだそれに気付いていなかったのは涼真だけだった。

一八一三年誕生、一八五五年死亡したデンマーク人の神学者、哲学者だったソーレン・キアーケガードは次のように言っている。

「ひとたびあなたが私にレッテルを貼れば、あなたは私を否定することになる」

この言葉は過去に於ても、現代でも、日本以外のどの国に於ても、残念ながら実際に存在するのである。過去の事件でも多くの冤罪《えんざい》は発生している。涼真は全く悪意は持っていなかったが、竹内は涼真に対する不審で、涼真を否定してしまっていた。

四月から小学生に英語を教えていきたいという涼真の夢は完全に不可能になった。四月の十日くらいだっただろうか、一応結衣と会って直接本人に話しておきたいと思い、涼真は教育学部に行ってみたが、本人に会う前に英語教授は結衣を教室に待機させておき、教授本人が涼真の前に現れた。涼真は春休み期間中に教授にお世話になったことに感謝をしようとしたが、この二回目の対面での教授の態度は一回目とは全く違っていた。学生課の職員の居る所へ一緒に行こうと半強制的に涼真を引っ張って行った。涼真は教授のあまりにもの変身に戸惑ったが、内心、学生課の職員からの圧力であることは分かっていた。

二人が教育学部の校舎へ向かう途中で、涼真を教授へ紹介したはるかとその友達の二人と出会い、はるか自身も教授と涼真の不自然な様子を確認したが、実際はどうすることも出来なかった。涼真ははるかと話したかったし、はるかも涼真が何を言いたいのかを聞くために、すぐ近くまで来ていたのだが、はるかは学生である。相手は教授である。学生が教授に対して取れる行為は、一般的に考えてもはっきりしている。涼真と教授が進む一定の間隔を取ったまま、はるかは逃げるとも、涼真の話を聞きたいともどちらとも言えない態度で、結局は友達と二人で離れていった。涼真は言葉では表現出来ない無念を感じた。普通には、お互いの言いたいことは、きちんと話し合って、気持ちを伝え合うべきではないのか。はるかの進んだ方向とは違う方向へ涼真は連れていかれた。

教育学部の校舎内に連れていかれると、案の定学生課職員の竹内が待っていた。英語教授と竹内の二人対涼真との口論が始まったが、玄関近くの廊下での口論だったので、学生達も不審そうに三人を見ながら通過していった。涼真は、冷静で平等に話を聞ける中間者を要求した。本当は三人の間に結衣か、それがだめならはるかに入ってもらいたかった。結衣もはるかも大学生である。充分に自分の意見をはっきりと言えるはずである。ところが、教授も職員もそれは固く断った。

涼真はそれでも誰か三人の話を冷静に聞ける人を要求した。その時一人の女性職員が近くを通過していくところだったので、その職員が三人の話を聞くことになった。結局四人で話し合うことになったが、その女性職員は黙って三人の話を聞いていた。その職員は三人の主張を聞いているだけで一口も言葉を挟まなかった。教授と職員の二人対涼真、意見は平行線で一致することはなかった。涼真は結衣に英語を教えてもらうことは既に諦めていたので、その事は教授に伝えた。

「北川さんには教員採用試験の勉強をしっかりして、ぜひ頑張ってほしいので、宜しくお伝え下さい。先生には北川さんと私の間の連絡を取って下さったので、本当に感謝しています。どうぞそのことも北川さんに伝えて下さい。有り難うございました」

と教授には伝えたものの、それでも竹内と涼真との間の蟠《わだかま》りの改善はなされずに、痼《しこ》りを残したままの別れとなった。実はこの時、涼真は結衣とはるかに、お菓子のセットのプレゼントを持って来ていた。それを結衣とはるかに渡してもらえないかと頼んだが、職員は涼真の申し出を当然断った。

涼真は肩を落とし校舎を出て、学校の出口に向かって歩いて行った。正門方向ではなく、横門の方向へと向かって、とぼとぼと歩いた。横門から通りへと出るその右側が乗馬クラブの活動場所になっていた。数頭の馬がいて、部員達が馬の世話をしていた。馬を見ていると涼真の気持ちは癒《い》やされた。人間のいざこざとは関係なしに、動物は人間を癒やしてくれる。犬や猫等のペットも多くの人々が好きだが、涼真はペットを飼う気持ちは持っていないので、馬や牛に興味を持っていた。東京で仕事をしていた頃、同僚が競馬に誘っていたことを思い出していた。「馬って本当にいいなあ」と思った。

馬場には女子学生一人だけが、涼真のすぐ近くの馬の世話をしていた。涼真は結衣とはるかに渡す予定にしていたお菓子のセットのプレゼントをその学生に貰《もら》ってもらうことにした。その学生は何の躊躇《ためら》いもなく受け取ってくれた。

「えっ、貰ってもいいんですか」

涼真は何故《なぜ》このお菓子を上げたいのかを伝えた。すんなりと受け取ってもらえることが涼真にとっては嬉しかった。その学生に英語教授や学生課職員のこと、結衣やはるかのことも話した。その学生は涼真の話を同情しながら聞き、自分の名前が綾瀬真希だとも伝え、

「私からは何も出ませんからね」

と、明るく答え、二人は別れた。涼真は綾瀬真希に会えて帰途につくことが出来て本当に救われた。真希の「私からは何も出ませんからね」と言ったのは、突然出会った人が、その人の身の上話をして、持っていた二人分のお菓子のプレゼントをしてくれた上に喜んでいたからである。

その段階では、真希にとっては、涼真は警戒する人物でもなく、利益だけが得られたのである。しかし、この涼真と真希の様子を竹内はしっかりと見ていた。涼真に対し不審者だと思っている竹内は、構内を車でパトロールしながら警戒していたが、涼真が帰っていったの

を確認し、真希に近づいた。そして何があったのかを真希に聞いた。

「お菓子を貰っただけで終わったら良いが、もしあの男が再び来たら、注意しなければいけないよ。世の中には悪い人間もいて、普通の顔をしていて、犯罪を起こす者もいるからね。私達の仕事の一つは学生達を守ることだからね。危険な時にはすぐに一一〇番に電話するんだよ」

と言って、校舎へ帰って行った。その日はそのまま経過していった。

涼真にとっては、小学生に英語を教えたいという希望が閉ざされ、かなりの借金をかかえ、辛い気持ちではあったが、一応これで全てが完了したという気分だった。

しかし、家に帰ってみると、もっと涼真にとって大変なことになってしまう別件が待っていたのだった。家の郵便受けをいつものように確認してみると、一つの大きな袋に入った郵便物が目に止まった。心当たりは無かったが、一応封を切ってみた。内容に目を通したが、すぐにはどうしてこんな郵便物が届いているのかは分からなかった。何と十年前、まだ東京で働いていた時に、自分が某銀行に預金していた時、担当の行員が勧めてくれた生命保険会社の保険の知らせだった。涼真は段々とその頃のことが思い出されてきたが、もうあれから十年も経過したのかと思い、時の過ぎ去るのは早いと感じた。内容を読んで驚いた。行員が言っていた通り、当時の三百万円が十年で三百六十万円になっていた。人間万事塞翁が馬。もしこの金額が全て返還されれば、英語教室の借金も机や椅子の返済金も他の生活費も全てが解決出来ると思った。だがその書類をよく読んでいくと、五年間かけての返還になっていた。一年目で七十二万円の返還だ。これでは借金の全ての返済は出来ない。でも予定外にお金が戻ってくることは有り難かった。

涼真にはほんの少しではあるが希望の光が見えてきた。涼真はその書類に必要事項をすぐに記入し始めた。ほとんどの項目は記入出来たが、一つ自分にはどうすることも出来ない項目が残った。それは本人の死亡時の残金の相続人の項目だった。涼真は未だに結婚出来ていない独身だった。結婚したくない訳ではない。よく結婚したい人に出会うのだが、相手が同意してくれない。まるで映画の虎さんシリーズの「男はつらいよ」の「ふうてんの虎さんこと車虎次郎」のようであった。「虎さん」はふらりと旅に出て、辿《たど》り着いた旅先で美しい女性に恋をする。虎さんは情のある人で、相手の女性とも結構うまくいきそうになる。でも最後はその女性に振られて一人寂しく帰っていくのである。涼真は映画「男はつらいよ」を観る度に、よく自分のようだなあと思うのだった。

死亡時の残金相続人として誰を書いたら良いのか迷った。書類の提出までには少しの日数はあったが、早く誰かの名前を記入して生命保険会社に返送したかった。少し考えていたが、涼真の頭に「馬」が浮かんだ。乗馬クラブの馬場で、お菓子を受け取ってくれた綾瀬真希の顔が馬と重なった。

「そうだ明日、もう一度真希さんに会って、お願いしてみよう」

そう思うと、ようやく涼真は深い眠りに就くことが出来た。

次の日、昨日と同じように乗馬クラブの部員達が活動場所に行く時間帯に合わせ、涼真は綾瀬真希に会いたいと思い、馬場に行ってみた。馬場周辺の草むらは新春の草々が段々と成長してきていた。東北にも春が近づき、涼真にとっても希望の春が近づいてきているようであった。まだ部員達は来ていなかった。真希は居なかったが、馬場全体を見回してみると、一人だけ学生が居た。涼真はその学生に近づき声を掛けてみた。

「乗馬クラブの綾瀬真希さんに会いたいのですが、今日はお休みでしょうか」

「いや、もうすぐ来ると思います。私は少し早く来たんですが、みんなもうすぐ来ますよ」

と学生は答えた。涼真が何故綾瀬真希に会いに来ているのかを、その学生に説明した。

「昨日は小学生に英語を教えてくれると約束した学生に会いに来たのに、学校側から会わせてもらえず、その人を捜すために英語教授に連絡を取り中継ぎをしてくれた学生とも話をさせてもらえず、その二人に渡すために持ってきたお菓子のプレゼントを、この乗馬クラブの綾瀬真希さんが貰ってくれたんです。そして家に帰ってみると、某生命保険会社からの保険金返還の書類が届いていたんです。しかし、一カ所今の自分にとって記入出来ない部分があるのです。それは私がもし死んだ場合に、その残金を受け取ってくれる、死亡時残金相続人の項目がどうしても書けないのです。それでその項目に綾瀬真希さんの名前を書いてもらいたいと思って来たのです。」

その説明を聞いた学生は、

「分かりました。真希さんはすぐに来ます。ここで待っていて下さい。私は一年生の浅田真凜と言います」

と言って、涼真に対して良い印象を持ったようであった。そのような話をしていると、二人に近づいてくる真希の姿があった。

「あっ、真希さんが来ました」

と言って真凜は、少し楽しそうに馬達が留めてある馬屋の方向へ行った。

涼真の居る所へ真希が来たので、

「昨日帰ってみると、某生命保険会社から書類が届いていたんです」

と、先程真凜に説明した内容と同じ説明をした。しかし、真希の様子は昨日とは違っていた。涼真を信用しているようでもあるのだが、何故だか昨日の真希とは違っていた。涼真の説明をよく聞き、少し考えて、

「お断りします」

とはっきりと答えた。

涼真は昨日の真希とは違う別人を見たようで悲しかった。でもこれ以上どうしようもない。帰るしかないと思った。

すると、すぐに先程の真凜が涼真に近づいて来た。

「真希さんの返事はどうでしたか」

「いや、断られました」

すると、真凜は信じられないような言葉を発してくれた。

「もし私の名前で良かったら、その部分に書いてもらってもいいですよ」

「えっ、本当ですか」

涼真は天にも昇るような気分だった。自分の言葉を真凜は信じてくれている。最近ではずっと他人から警戒され続けている。自分では自分の言葉に嘘《うそ》は無いと思っているのだが、ど

うも他人に通じない。もしこれが長く続いてしまうと、人間不信に陥ってしまうような気持ちになっていた。それなのに、真凜は真っ直ぐに涼真に向かい合ってくれている。そして、

「真希さんには、私のことは言わないで下さい」

と言った言葉を聞き、涼真はこれは本当だと思った。

ところが、物事はそうまくは進まなかった。乗馬クラブの数人の部員達が、涼真と真凜を引き離した。真希から頼まれたのであろう。数人の部員達は

「ちょっと真凜さん、真希さんが部室で待っているので、来てちょうだい」

と真凜に声を掛けた。まだ涼真の保険会社からの死亡時残金相続人の項目に真凜の名前は記入されていなかった。

真希は涼真が何をしに自分達の乗馬クラブの敷地に来ているかは知っている。昨日、突然だったが、結衣とはるかに渡せなかったお菓子のプレゼントを貰ったことは嬉しかった。昨夜はお菓子の一袋を食べてみた。美味しかった。二人分なので、まだまだ楽しみが残っている。涼真の言っている事は本当だろう。悪い人ではないようだ。でも学生課職員には「世の中には悪い人間もいて、普通の顔をしていて、犯罪を起こす者もいるからね。私達の仕事の一つは学生達を守ることだからね。危険な時にはすぐに一一〇番に電話するんだよ」

と、言われているし、確かに他県の犯罪で、過去に女子大学生が殺された犯罪も発生している。もし涼真に対して自分が感じていることと違って、職員の竹内が言っていることが正しかったら、本当に大変なことになってしまう。でも、真希は涼真という人間は悪い人ではなく、竹内の言っているようなことはないようにも感じていた。

真希が死亡時残金相続人になるのを断ったのは、自分では正しいと思っている。真希は断ったが、それを後輩の真凜が受け入れたことが真希には許せなかった。真希は後輩の真凜自身は好きなのだが、涼真の死亡時残金相続人には成ってほしくない。昨日はお菓子の件で涼真は真希に対し好感を持ってくれた。それなのに、次に発生した涼真の要望を真凜に受け入れさせる訳にはいかない。人の気持ちは本当に複雑なものである。

部室で真希は真凜の気持ちを確認してみた。真凜はこの件で真希に知られたくはなかったが、真希に強く迫られると、自分の本心を言わざるを得なかった。

「あの人が困っていたし、真希さんが書類に名前を書いてあげないのなら、私の名前を書いてもらってもいいと思ったんです。私の方から名前を書いてもらっていいですよと言ったんです。しかもまだ話の途中なのに、みんなが呼びに来たので、あの人はそのまま私を待っているのです。あまり待たせたくはないのですが……」

と言う真凜の言葉を聞いた真希は、何故だが職員竹内の立場に立ってしまった。

「だめよ真凜さん。名前を書くだけでは終わらないでしょう。もしあの人が事件や事故で大怪我をして入院したとして、もしも死にそうになった場合には、書類に書いてある死亡時残金相続人に連絡を取らなくちゃいけないじゃない。ということは、真凜さんはあの人に個人情報も教えなくっちゃいけないということなのよ」

「そうですね。でも大丈夫です。住所や連絡先の情報だったら、あの人に教えてもいいです。だってあの人は本当に困っているんですよ」

と真凜は真顔で答えた。

「でもね。あの人が言っていることは本当かもしれない。でも、もしだよ、もしかして嘘だったとしたら大変なことになっちゃうじゃない。私はあなたのことを心配して言っているのよ」

と真希は説得するように言った。明らかに真希は竹内の立場に立っていると自分でも思った。涼真の言っていることは本当だろう。ひょっとしたら、自分の名前を書いてもらってもいい気持ちも少しはあった。でも一応はっきりと断った。でも、その涼真の申し出を真凜が心良く了解することは、真希にはどうしても了承することは出来なかった。

二人の周りに少しずつ部員達が集まって来た。心配した部長が部員全員を集めた。部員は男女共に半々で、約二十名だった。真希はみんなに、何故真凛を説得しているのかを説明した。みんなはそれぞれ自分の考えを言い出した。

外では、涼真が真凛と二人で話していた場所に立ったまま、真凛が帰っ来るのを待っていた。確かに真凛は「自分の名前を書いてもらってもいいですよ」と言った。涼真は喜んで「では書類に書いてもらおう」と思った。その時、数名の部員達が真凛を呼び、部屋に連れて行った。涼真と真凛の二人は、当然、真凛の用事が終われば、すぐに戻ってまた二人で打ち合わせる予定であった。それでもなかなか涼真の前に真凛は姿を現さなかった。

昨日は乗馬クラブのグラウンドでは、学生達が馬に乗って活動をしていたのに、今日は馬達は宿舎に繋《つな》ぎ止められ、グラウンドには誰一人として居ない。涼真はどうしてみんな居ないのだろうと思った。実際は涼真と真凛とのことを部員みんなで話し合っていたのだった。涼真だけが何も知らずに外に立っていた。自分が待っているのに真凛、その真凛は部室に連れて行かれ帰って来ない。待っているしかないと思った。

二十分、三十分と時間は経過していった。自分から部室に行ってはいけないだろうと思った。立ちっぱなしでは疲れるので、足の屈伸をしたり、両手を伸ばして腰を回転させたりして体を動かしたりしていた。

　隣の校舎の近くの部室は軽音楽部の活動場所であろうか。涼真が待ち始めていた頃は、まだ楽器の音がしていたが、段々と音はしなくなっていき、軽音楽部の男子部員数名が、部室の近くから涼真の様子を見るようになった。四、五名の男子部員達は外に出て、直径二十五センチくらいの円形のプラスチックの遊具で遊び始めた。彼等は楽しそうにその遊具を空中で平行に飛ばして投げたりキャッチしたりして遊んでいる。四、五人はだいたい円形になり、円盤のプラスチック遊具で遊んではいるのだが、自分がその遊具を他の誰かに投げると、次には涼真の様子を見るようにしている。四、五人がみんな涼真の存在を気にしているようだ。涼真も「自分を警戒しているのだろうな」と思った。

　日常とは全く違っている乗馬クラブの馬場の様子である。普段は部員達が馬に乗りそれぞれの活動をしている。それなのにその日は馬場に馬は居なく、部員達も一人も外に出ていない。隅の通路の近くで一人の男が立っている。実に奇妙な風景である。軽音楽部の部室から、他に数名が出てきて、それとなく涼真の様子を気にしている。少しいたたまれなくなり、涼真はもっと通路側に行き草むらの上に横になった。東北といえども、もう春である。いろんな種類の草の新芽が出始めている。若草の黄緑が美しく、いい香りがしている。午後の時間帯も段々と日が長くなってきている。空はまだ青い。白い雲があちこちに見える。涼真にとっては、軽音楽部の部員達はどうでもいい。ただ一つ、真凜が自分の所へ戻って来るのを待つだけだった。

しかし、まだ乗馬クラブの部員達は話し合いを続けている。ほぼ一時間が経過した。涼真は時々草むらで横になったまま、頭だけを起こし、馬屋と部室のある建て物から部員達が出て来るのではないかと見ていた。頭を後ろに捻《ひね》り軽音楽部の部室の方を見ると、先程よりもっとたくさんの学生達が外に出て来て、涼真の様子を見ていた。

乗馬クラブの部室では、真凜を中心にして部員達が自分の意見を述べ合っていた。中には、

「真凜さんが、自分から名前を書いてもいいと申し出たのなら、そのようにして、あの人に帰ってもらってもいいんじゃない」

という意見もあったが、それは少数意見だった。事情を一番知っている真希は、どうしても真凜には書いてほしくなく、何としても涼真に見られないようにして、真凜を帰したいと言った。多くの男子部員は真凜が名前を書くことには反対した。色々と意見が出て、統一した同意には至らなかったが、部の活動終了時間が近づいてきた。一応真希の言うように、真凜は涼真に見られないように、もう一人別の部員と二人で建物の裏から一般の道路に下り、そ

の後他の部員達は三三五五帰宅することになった。そのようにして、この日の乗馬クラブの活動は終了することになった。

外では、涼真が草むらで横になったり、起き上がったりしていたが、部員達に動きがあるのに気付き、立ち上がって真凜が自分の所へ来るのを待った。部員達が数人のグループで、おしゃべりをしながら帰って行っている。涼真は、帰宅していく部員達の一人ひとりを確認しながら見送った。最初のグループの中に真凜は居なかった。次に第二のグループが帰宅していく。その中にも真凜は居なかった。涼真は真凜だけを待っていた。

「あれっ、おかしいなあ。帰っていく部員達を確認しているのに真凜さんは居ない」

と独り言を言い、涼真は思い切って部室のある馬屋の建物に向かった。軽音楽部の部室からは先程よりもっとたくさんの学生達が、涼真の方を見て、お互いに何やら話をしている。

馬屋のある建物の裏側に涼真は進んだ。そこには、真凜は居なく、真希ともう一人の女子部員の二人だけが居た。涼真は真希に
「真凜さんは居ませんか」

と聞いてみた。

「もう帰りました」

と真希は答えた。涼真は、

「真凜さんと五分間ぐらい話をしていて、部員の人達にこちらに呼ばれて行ったので、自分はそのまま二人で話していた場所でずっと、真凜さんが帰って来るのを待っていたのです」

と言ってみたが、真凜が、生命保険の死亡時残金相続人記入項目に自分の名前を書いても良いと言ったことを真希には言わないでほしいと言っていたので、涼真はその言葉を守ろうとした。しかし、真希はそんなことは疾《と》うに知っている。真凜本人から既《すで》に確認して、自分から提案して真凜を帰宅させている。もう一人の女子部員が、

「真希さん、私が一緒に居る方がいいでしょう」

と言うと、真希は、

「いや、帰っていいよ」

と答えた。

「大丈夫なの」

と聞く友人に、真希は、

「うん、大丈夫」

と答え、涼真に対して全く警戒はしていなかった。涼真は昨日真希がお菓子を受け取ってくれたことは有り難かったし、真希に対しては良い印象を持っていたが、この時は死亡時残金相続人を確定させることが第一の目的だった。もし真希がその相続人になってくれればそれはそれでいいのだが、真凜が口約束したことは本人が断らない限り、真凜との約束を涼真から反故《ほご》にすることは出来ない。女子部員の友達は、

「じゃ、帰るね」

と言って帰って行った。涼真は真希と二人で暫《しばら》く話していた。たくさんの軽音楽部の部員達も段々と少なくなっていった。二人で話していたが、それでも真希の方から、自分の名前を書いてもいいとは言わなかった。話は平行線のままだったが、段々と夕方が近づいて来ていた。

真希は自分達部員は時々話し合いをするが、なかなかみんなの意見が一致することはないとの旨を涼真に伝えた。涼真と真希はまだ二回しか会ってはいないが、結構お互いに本心を言って考えを伝え合うことは出来そうである。乗馬クラブ部員達の仲は良いのだが、話し合いとなると、なかなか意見が一致するのは困難なようである。今回の真凜と涼真との件でも、各部員達の意見は違っていて、一本にはまとまらずに、帰宅の時間が来たので真希の主張す

る真凜を涼真には会わせずに、分からないようにして馬屋の裏から帰宅させることになった。

二人は自分達の本心を述べあっていたが、夕闇が迫って来ている。涼真が言った。

「もうすぐ暗くなります。もうみんなも帰ったし、今日は一応帰って、また明日真凜さんに会いに来ます」

するど真希は
「私は明日は来ないかもしれませんよ」

と言ったが、涼真の頭は、提出期限までに生命保険会社の書類を提出しなければいけないということでいっぱいだったので、

「いいです。真凜さんが来れば書類に名前を書いてもらうので、真希さんは来なくても大丈夫です」

と言ってしまった。もし冷静に考えていたら、みんなが帰ってしまい、真希も本心を言っているのであれば、ひょっとしてもう一度涼真が真希に名前を書いてほしいと願えば、了承してくれたかもしれない。真希も涼真も結局は中途半端な気持ちでお互いに帰宅することになった。そしてその日は終了した。

次の日、昨日と同じ時間帯に涼真は乗馬クラブのグラウンドへ行った。まだ宿舎外には人

影は少なかったが、馬屋の中に少し足を踏み入れ、中に居る一人の部員に声を掛けた。

「すみません。昨日浅田真凜さんと少しだけ話をした者ですが、話の途中だったので、話の続きをしに来た福山涼真という者です。浅田真凜さんは居ますでしょうか」

と聞くと、

「少々お待ち下さい」

と言って、その部員は、

「申し訳ありませんが、外で待っていて下さい」

と言って、みんなの居る部屋へと入っていった。涼真は、

「昨日の場所で待ってます」

と言って、外に出て、昨日の草むらの所で真凜が来るのを待っていた。部室では部員達が対策を話し合った。暫くして、涼真が待っている所へ来たのは真凜ではなく、二人の男子部員だった。一人は馬に草等をやる、農具の鋤《すき》を手にしていた。

昨日は初め真希に会うために来て、真希に断られたので、今日は真凜に会うために来たのに過ぎない。涼真本人の気持ちとしては何も疚《やま》しいところは無い。真凜との話が途中だったので、その続きを話しに来ただけである。それなのにみんなで涼真の望みを叶《かな》えさせないよ

うにする。前回の「小学生に英語を教えてもいい」と言った北川結衣の場合もそうだった。あの時は結衣が口約束で、「私が教えます」と言っていたのに、学生課職員と英語教授の共同で、涼真の望みは叶えられずに終わった。そして今回も先行きが怪しくなっている。

涼真は二人の男子部員に、

「浅田真凜さんとは、昨日の話の続きをするだけなのです。真凜さんが提出書類に自分の名前を書いてもいいと言っていたので、ただ書いてほしいだけです。もし本人が、自分の口から『書いてほしくないので、帰って下さい』と言えば私はそのまま帰ります」

と言ったが、二人の部員は聞き入れなかった。涼真は一般の人間である。一般の人間同士なら、本人同士のしっかりとした話し合いでの同意が基本でなければならない。それなのに北川結衣の場合もそうだったが、今回の浅田真凜の場合でも、当事者同士で話させないということは、完全に涼真を犯罪者扱いしていることになる。涼真自身も、学生課職員の竹内雅治が大きく関係していることは感じていた。乗馬クラブの部員達の中にも、涼真や真凜に同情する者も居るにはいたが、学生である以上学校側に逆らう訳にはいかなかった。

二人の男子部員の一人は、

「お願いですから帰って下さい」

と頭を下げた。鋤《すき》を持って出てきたもう一人は、

「もし帰らないのなら、警察を呼びますよ」

と言って、自分のスマートフォンを取り出した。涼真は何故、警察にまで訴えなければいけないのか全く分からなかった。確かにその男子学生はスマートフォンに向かって、話しだした。その姿を見た涼真は、自分を驚かせ帰らせるためのポーズだろうと思った。本当にこんなことで一一〇番で警察を呼ぶとは考えられない。スマートフォンに向かって話しているようなポーズを取り、なんとか帰らせたいのだろうぐらいに思った。ところが、すぐに涼真の居る場所に警察のパトロールカーが到着した。なんと例のサイレンまで鳴らしてやって来た。涼真は「嘘だろう」と思った。男子学生と涼真は直接に対面しながら話している。一一〇番をする人物を一一〇番をされる相手がはっきりと顔を見て知っているのに、警察に訴えるだろうか。信じられなかったが、現実にはパトロールカーが来て、数人の警察官達が涼真の前に立ちはだかったのだった。鋤を持った学生は警察官達に、一一〇番をした理由を説明し始めた。

「この人が女子学生に話したいと言っていて、僕達は帰って下さいと言っているのに、この人は帰らないのです」

警察官達も一一〇番通報をしたのはこの男子学生であり、通報された側は涼真であることははっきりとした。警察官の人数は四人だった。四人が涼真を囲み、

「この学生が言っていることは本当ですか」

と確認し始めた。確認するも何も、涼真は真凜と話をするために来たのだし、学生二人が帰ってくれと言ったのに帰らなかったのだから、

「はい、そうです」

と涼真は答えた。険しい表情で勢いよくパトロールカーで降りてきた警察官達は、涼真と話していているうちに、お互いにゆったりとした雰囲気にはなってきた。それでも一人の大柄の警察官は手順通りに仕事を進めていった。

「免許証か何か、名前や住所を証明する物は有りますか」

涼真は何も疚《やま》しい所は無いと思っていたので、健康保険証を差し出したが、実はこの時から涼真が不利になる方向へ進んでいたのだった。二人の男子学生は、昨日から部員全員で話し合いをしているので、昨日からの部員達と涼真のことを警察官達に伝えていた。二人の男子学生以外の部員達は構内にサイレンを鳴らしてパトロールカーが来たことには驚いたが、馬屋の裏側に全員が集まった。その場所は、馬屋の裏なので、涼真から部員達の様子は見え

ないし、部員達からも涼真の姿は見えない位置関係だった。このような話の聴き方は明らかに、一人が犯人で、もう一人は被害者である場合の事件での聴き取りであり、涼真は本当に不満だった。

涼真の聴き取りには大柄の警察官一人が当たった。他の三人は真凜と他の部員達が集まっている場所へ行き、聴き取りを始めた。昨日、真希は来ないかもしれないとは言っていたが、心配だったのか実は来ていた。警察官達の聴き取りは、真凜と真希が中心となった。一人の警察官が涼真に付き、二人の警察官が真凜と真希を中心とした部員達に付き、それぞれの言い分を聴いていった。もう一人別の警察官は両方を行ったり来たりしてお互いの連絡と内容が一致しているかどうかを確認していた。涼真は昨日と今日の出来事をそのまま話すだけだった。

一番可哀相《かわいそう》だったのは真凜である。昨日、涼真が真希に生命保険の死亡時残金相続人の項目に名前を書いてほしいと来たのに、真希が断ったので、涼真を気の毒に思った真凜は自分から「私の名前で良かったら書いてもらってもいいですよ」と言ったのに過ぎない。どちらかと言うと、親切心から出た言葉であり、何もパトロールカーが来て、警察官から聴取を受けるような事件ではないはずだ。それなのに大変な事になってしまっている。

三人の警察官達に聴取される真凜の周りに約二十名の乗馬クラブの部員達が心配して囲んでいる。昨日の部会の時から、「真凜さんが自分から名前を書いてもいいと言ったのなら書いて終わりにしてもいいいんじゃないの」と言っている二、三名の女子部員もいるのだが、大多数はそれには反対だった。反対していた部員達も警察に訴える程のものではないと思っていたのだが、現実に警察官達が来た以上、もうその状況に対応するしかなかった。

真凜は何げない自分の発言がもとで、こんな事になったことに気が動転してしまい、部員達の優しい同情の言葉も加わり、ついに泣いてしまった。警察官達からの聴き取りには、真希の協力も加わって、涙を堪《こら》え堪え答えていった。一人の警察官は真凜の話の一部を聴いては涼真の方へ行き、涼真担当の警察官と涼真の話の様子を聴いては、一言二言言ってまた真凜の方へ向かった。この警察官は両方の意見が一致しているかを確認していた。真凜も心優しい真面目《まじめ》な学生である。涼真の発言と真凜の発言は全く一致していた。聴取時間は約四、五十分だっただろうか。両者の発言が一致し、特に大きな矛盾点も無いので、警察官達は次の行動へ移ることにした。

「話をもっと聴きたいので、パトロールカーで一緒に交番まで来てもらえますか」

涼真はこの時も、全く疚《やま》しいことは無いと思っていたので、「いいですよ」と言ってしまったが、これは調査の常套《じょうとう》手段だったのである。何も知らなかった涼真は、実は大変な方向へ一歩一歩進んで行ってしまっていたのだった。涼真を乗せたパトロールカーは大学の構内を後にした。そこに残されたのは乗馬クラブの部員達だった。真凜が一番辛かったのであろう。茫然《ぼうぜん》として涼真を見送った。他の部員達もほとんど発言はなく、数人のグループで三三五五と帰宅していった。

大学近くの交番に連行されていった涼真は交番に到着した時も、まだ自分の話をよく聴いてもらって、警察官達も納得し、お互いに挨拶し合って、この件は終了するものと思っていた。しかし現実にはここから本格的に調査が進むのだった。大学構内に来た四人の警察官の二人はパトロールカーでの巡回へと向かった。残りの二人ともう一人交番に居続けていた所長らしき警察官の三人が涼真の取り調べへ入った。所長らしき警察官へは涼真ともう一人の涼真付きの警察官が内容を説明した。

交番の外にはパトロールカーともう一台少し大きめの警察車輌が止めてあった。涼真の話を聴く二人以外のもう一人は、大学構内で涼真と真凜の間を行ったり来たりしていた警察官である。この警察官が外の大きめの警察車輌の中で外部との連絡を取っていた。その車輌から交番に入って来る度に、この警察官の態度は悪くなっていった。段々と涼真をストーカー扱いするようになり、威圧的になっていった。涼真は「私はストーカーではありません」と言うと、「ストーカーは誰だってそう言うのだよ」と言いだした。「なんだよ、お前は女の子になんでお金を残してやるんだよ。俺の名前を書かしてやるよ。俺の名前を書けよ」とまで言いだした。涼真は、「相手は女の子ではありません。歴《れっき》とした大学生です」と言うのだが、警察官は「女の子じゃないか、女の子だよ」と言い張り、何度も「俺の名前を書かしてやるよ。女の子でなくても俺でいいじゃないか」と繰り返した。その度に涼真は「いやですよ。渡してもいいと思う人と渡したくない人がいるじゃないですか」と答えた。

このような二人の言い合いなのだが、二人共に感情的にはなっていなかった。この警察官が執拗《しつよう》に「その書類に俺の名前を書けば、この件は終わりじゃないか。俺の名前を書かせてやるから俺の名前を書けよ」と言うので、「直感でこの人だったら名前を書いてもらっていいという人が居るじゃないですか。浅田真凜さんだったら書いてもらいたいんです。でもあなたは威圧的に迫っているので、そんな人には書いてもらいたくないですよ」と繰り返した。

涼真は、大学生達の中でも本心を言っているし、警察官が何と言おうと、飽《あ》くまでも自分の言いたいことを曲げようとは思わなかった。その警察官はそんなことを言った後に、また外の車輌に戻り外部と連絡を取り合っていた。約一時間、交番での取り調べは続いた。外の車輌では大学の学生課とも連絡を取り、学生達以外の大学関係者達との意見も聞いていた。涼真にとっては大学本部側との連絡だったら問題は無かったのだが、運悪く学生課の職員竹内雅治と連絡を取っていた。しかももっと悪いことにこの警察官は、竹内を学長か学生部長と勘違いしていた。つまりかなり偉い大学責任者が、電話で涼真を本当にストーカーのように発言していたと言うのだ。

涼真の立場は交番に到着した時よりも、もっと不利な状態になっていた。そして遂《つい》に竹内本人がこの交番に現れたのだった。竹内は交番に着き、警察官達に囲まれた涼真を見て、ニヤリと笑った。相当な余裕を持って、涼真について警察官達と話し始めた。その後も暫くは竹内と警察官達と涼真の話し合いは続いた。外の車輌との往復を繰り返す警察官は、同じように悪態を続けているので、涼真もその悪態にはすっかり慣れていた。でも交番に竹内が来たからには、これから涼真の立場が良くなることは考えられなかった。

竹内の警察官達への発言は「だめです。だめです。この男の言い分を聞いたら絶対だめです」と、涼真を否定することに徹底した。竹内の発言で、所長も涼真付きの大柄の警察官も遂に、涼真に対しストーカーと決めつけ、威圧的態度で迫り始めた。そして一通の書類を作成した。所長が交番内で作成したのか、悪態をつく警察官が外の車輌内で作成したのかどちらだったのかは涼真には分からなかったが、確かに一通の書類が涼真の目の前に突き付けられた。「この書類にサインしなさい」と所長が言った。涼真はストーカーと決めつけられ、今後もうストカーの行為は行いませんという確約書へのサインを迫られる立場に追い込められた。

涼真は自分をストーカーだとは思っていないので、サインはしませんと答えた。敵が四人に増えてしまったし、サインもしたくないので涼真は交番を出て帰ることに決めた。立ち上がり、出入口の扉のノブを回し外に出た。そしてそのまま家に帰り始めた。驚いたのは三人の警察官達と竹内である。歩いて帰る涼真を交番へ連れ戻すために、三人の警察官達は急いで外に出て涼真を止まらせようとした。警察官達に続き竹内も交番の外へ出て、四人の様子を見守った。竹内は、何をやっているんだこの男は、三人の警察官達に連れ戻されたらもっとこっ酷《ぴど》い目にあわせてやると思ったが、そううまくいかなかった。警察官達の動きは速かった。歩く涼真の前に三人は立ちはだかった。そして、涼真の右手を大柄の警察官が摑《つか》んだ。左手を所長と悪態警察官が摑んだ。三人は涼真を押すようにして、交番へ連れ戻そうとしたが、涼真はそうはさせなかった。少しずつでも交番から離れる方向へと足を運んだ。

三対一の塊《かたまり》は歩道を大学正門方向へと進む。左側は車道で車が通る。その向こうは歩道で、その歩道は大学正門前へ通じている。逮捕術は警察官が身に付けている術のはずである。ところが本当に意外なことに、涼真が右手で逮捕術の一手をやってみると、大柄の警察官の手から右手が自由になった。もし左手も自由だったら相手を倒せたかもしれないと思った。でも涼真の目的は相手を倒すことではなく、ストーカーのように扱われ、その上確約書にサインさせられるという冤罪《えんざい》みたいなものを被りそうになるのを払いのけて家に帰ることだった。

大柄の警察官は本当に心優しい人ではあったが、本人も油断したと思ったのか、今度は両手に力を入れて涼真の右手を握り、腰を下ろし、相撲の押しのように力強く押してきた。そして四人の動きはその場で止まった。大柄の警察官は体重が重いので、相撲だったら引きたくなるところである。涼真もこの大男の押しには、ひょっとしたら敗けるかもしれないという気が一瞬頭を過《よ》ぎった。でも敗ける訳にはいかない。涼真も自分の進みたい方向へ全身の力を傾けた。三対一の塊《かたまり》がその場に止まったまま、それぞれの力を出し合っていた。

どのくらいの時間だったのだろうか、四人共精いっぱいの力を出した。場所は一般の歩道である。三人の警察官達は我に帰り涼真から手を離した。交番の出入口の所では竹内が四人の様子を見ていた。両手が自由になり、涼真は振り返らずに、普通に歩いて帰った。全力を出したので体は疲れたが、心は悲しかった。泣きたかったが、一般の歩道である。涙を流す訳にはいかなかった。

暫く歩くと、大学の正門が見えた。信号を待ち、青になったので道路を横断し正門に辿《たど》り着いた。そしてまた右に向かって歩いた。左手が乗馬クラブのグラウンドになっている。もう誰も居なかった。本当に静かだった。馬達は馬屋に居るのだが、部員達のその日の行動も理解するのだろうか静かだった。涼真は一人そのまま歩いて帰った。

次の日になったが、まだ生命保険会社の保険の死亡時残金相続人の項目が空欄になっている。なんとかして提出期限までに記入しなければならない。特に当てもないまま、街を歩いた。災害時に避難する場所を掲示してある看板があった。涼真はこの掲示板の前で止まり、前後左右の建物を確認してみたが、少し変だった。どうして違っているのだろうと周辺の建物と位置を確認してみると、西向きの場所に設置すべき看板が、北向きの場所に設置されてしまっていたのではないかと思われた。東西南北の方向を変えてみると、その看板の災害時避難場所は正しかった。その時一人の女性が涼真の横を通り過ぎて行った。この人は涼真の話を聞いてくれるだろうかとは思ったが、声は掛けなかった。その人はすぐ側の門を中へ入って行った。涼真はそのままその掲示板を見ながら、位置関係を確認していた。するとまた先程の女性が涼真のすぐ近くまで来た。涼真は運命的なものを感じ、声を掛けてみた。

「すみません、この災害時避難場所の掲示板は設置方向がこの場所ではなく、この右角の左に設置して、それを向こう側から見た位置関係じゃないですか」

と言うと、その女性は周辺を見回して、

「そうですね」

と言った。背が高かったので、少し年配の女性かなと思ったが、直接対面して話してみると、声の高さや話す様子から若い女性であると感じた。涼真は藁《わら》をも摑《つか》む思いでお願いしてみた。

「生命保険の提出期限が近づいているのですが、私の死亡時残金相続人の欄だけが記入出来ていないので、あなたの名前を書かせてもらえませんか」

すると、その女性は少し考えて、

「母親に連絡をして、それから記入するか、しないか決めてもいいですか」

と言った。

涼真は、「勿論《もちろん》です」と言ったが、スマートフォンで母親と連絡を取るその女性に、もうこの件は何とかこの人で決定してしまい、終了出来たらいいのにと思った。本当に祈る思いだった。この女性の声は当然分かるのだが、母親側からの声は全く聞こえなかった。暫《しば》く連絡を取って話している女性の目から涙が溢《あふ》れ、頬《ほお》をツーッと伝って流れていった。涼真はその涙を本当に美しいと思ったが、同時に母親から叱られ、この件は断られたなと思った。その人が通話を終了させ、返事を聞くまでもなく、もう涼真にはこの人の涙で結論は分かっていた。

次の日もう一度この女性と会う約束をし、その日は別れ、次の日の約束時間の少し前に、前日と同じ場所でその人を待った。その日は雨になった。涼真が傘をさして待っている所へ、その人も傘をさし小走りで涼真に近づいた。保険とは関係のない別件が終了し、もうこの人とは会えないだろうと思った。この時点ではまだ保険の書類が完成していなかったが、某銀行の支店へ行き、行員に相談してみた。支店の行員は、

「相続人の欄には、法定相続人と書いて提出して下さい」

ということだったので、そのようにして提出した。これで一件落着したと思った。ところがそうではなかった。某生命保険会社から涼真が提出した書類の死亡時残金相続人の項目に記入した「法定相続人」では駄目であり、再提出期間をもう一週間延期するので、その箇所に訂正印を押し、再提出するようにと、その書類が送り返されてきた。折角某銀行支店で相談して提出したのに、それでも駄目だった。何故こうも巧《うま》くいかないのだろうとは思ったが、

この書類をしっかり書き上げて提出しないと、英語教室代金の借金が返済出来ない。何とかしなくてはいけない。図々《ずうずう》しいかなとは思ったが、先日美しい涙を流して断ったあの人にもう一度お願いしてみようと決心した。

その人は隣町の大学生で、名前を本田真央と言った。隣町の大学なので、浅田真凜の時のように警察のお世話になることはないだろうと思っていた。何とか無理をして、前回二度も会ってもらったあの同じ場所で会うことにした。この時が三回目の出会いだが以前とは真央の様子が違うと、涼真は感じた。何だろうか、涼真を少し恐れているのではなかろうか。何故、何故だろうか。明らかに前回の真央の表情とは違っていたが、生命保険会社の書類再提出を考えると、やはりお願いするしかなかった。

「保険の死亡時残金相続人の欄に『法定相続人』と書いて提出したのですが、先方から駄目だと連絡が来て、もう一度書き直して提出するようにと書いてあり、再提出日が少し延ばされたのですが、どうしても書いて出さなくてはいけないのです。真央さんには決して迷惑はかけないので、どうかあなたの名前を書かせて下さい」

と涼真は頭を下げた。しかし、前回と違い真央は確かに涼真を警戒していた。何故なのか、涼真は理解出来なかった。真央は答えた。

「私がもし、私のお祖母《ばあ》さんの立場になったとして考えてみると、私の孫にはやっぱり福山さんの申し出を受け入れてほしくはないと思います」

その真央の言葉を聞き、涼真は真央に申し訳ないことをしたと思った。初回の真央の流す美しい涙を見た時、あれが全てだったのだと身に沁《し》みて感じた。いつまでも話をしていたいような人だったが、心を決め帰ることにした。そして涼真は帰途に就《つ》いた。

まだ再提出の保険書類が完成はしていなかったが、取り敢《あ》えず英語教室テナント解消のために、教室予定地へ行き、借金返済の延期をお願いした。貸し主は、本当に保険会社からの返金が保証出来るのかという苦情は言ったが、すぐには涼真が現金を工面出来ないと分かると、渋渋ながら延期を承知してくれた。

人生幸運も有るが、不運も有る。最近不運続きだが、きっと次には幸運が来るだろうと涼真は思っていた。貸し主は自宅へ帰り、涼真は一人、教室予定地だった空き家へ止《とど》まり感慨に耽《ふけ》っていた。するとピンポンと玄関の扉からチャイムを鳴らす音が聞こえた。玄関の扉を開けてみると、そこには二人の男が立っていた。

「西部警察の者ですが、中に入ってもいいでしょうか」

声を掛けた男は、大柄の優しい感じの警察官だった。涼真は先日の大学近くの交番の警察官達の事が頭を過《よ》ぎったが、明らかにこの二人は違っている。あの交番の管轄は東部警察の地域範囲に当たっている。何故西部警察から警察官達が来るのかは分からなかったが、取り敢えず中に入ってもらうことにした。

「某大学の件で来ました」

と、その優しそうな警察官が言った。その大学名は浅田真凛の件でパトロールカーが来た大学とは違っていた。涼真は全く単純と言うのか、率直と言うのか、その警察官に言った。

「先日、東部警察の交番に連れて行かれて、大変な目に遭《あ》ったんです」

するとその警察官は、

「いいえ、全く違います。私達は某大学の件で来たのであって、あなたの言われている事とは全く違います」

と言って、涼真が福山涼真であるかどうかに確認の焦点を合わせていた。卌の中同姓同名の人物も存在するし、警察が捜している人物と違っていても問題となるので、まず本人かどうかが確定するまでは、本当に丁寧に接する。初め先日の交番からサインをせずに帰ったので、仕返しに来たのかと涼真は思ったが、やくざではなく警察である。仕返しは無い。この時点で涼真は、様々な機関の関連や連絡網とか、徹頭徹尾の調査、下調べ、そして証拠を積み上げ立証していく等を考えてみたこともなかった。でも、この二度目の西部警察との出来事で警察だって信用出来ないという気持ちが強くなっていくことになる。

パトロールカーで連行された件では、交番は東部警察本部と連絡をしているし、真凜の件で大学の学生課は東部警察と連絡を取っている。大学間の連絡網で竹内は今回の某大学にもストーカーに関連した件として涼真のことを伝えていた。更にストーカーは犯罪として東部警察と西部警察は連絡を取り合っていたのだった。今回西部警察から来た二人の警察官達は涼真をストーカーとして、この場所に来ているのだ。しかも警察官は二人ではなく、近くに駐車してある警察車輌にもう二人が乗車していて、計四人で涼真を西部警察本部に連行する予定で来ているのだった。

しかし、その事には、当初の時点では涼真は気が付いていなかった。浅田真凜の時は、男子学生が一一〇番通報をした。今回西部警察へは、本田真央は決して一一〇番通報はしていないという強い確信を持っている。本田真央とは三回会っているが、一回目二回目は涼真を信頼しきっているし、三回目は少し不安そうではあったが、決して本人から通報するようなことはない。しかも涼真は真央に対して、好意の感情以外全く無く、行動に対しても丁重に接しただけで失礼な行動は全く取っていなかった。

では何故本田真央の件で西部警察から四人の警察官達が来ているのか。実は交番での取り調べの後、涼真はストーカー行為をしませんという確約書にサインをせずに帰った。交番の三人の警察官達との闘いを竹内は見ていた。竹内は涼真をストーカー行為をする犯罪者だと思い恐れるようになった。大学間の連絡網で本田真央の通う大学だけでなく、県内の近隣の大学に通知した。福山涼真というストーカーが各大学に来るかもしれないので、くれぐれも注意を学生達に促し、もし来た場合には必ず警察に連絡をするようにと伝達していた。本田真央の通う大学の学生課では、学生達に竹内からの連絡を伝えた。その連絡を受けた本田真央は学生課の職員に涼真に会ったことを伝えた。真央は職員から涼真はストーカーだと言われ恐ろしくなった。学生課の職員は竹内に連絡をすると、竹内の方からすぐに警察に訴えるように忠告され、西部警察へ連絡した。そして即西部警察の警察官達数名が大学に来て、本田真央に事情聴取をして、涼真のことを詳しく調べた。竹内からの連絡で、学生課の職員も西部警察の警察官達も涼真をストーカーだと思い込んでいる。本田真央が恐しくなっていったのも当然である。

一つの小さな流れが、大きな流れになってしまうともうその流れは止められなくなってしまう。世の中、一旦冤罪《えんざい》になってしまうと、その無実を証明するのはなかなか難しい。東部警察管轄の交番との連絡で、涼真に確約書へのサインをさせることに失敗したことは伝えられている。今回の西部警察では、本部から用意してきていたのか、近くに駐車してある警察車輛内で作成したのか、涼真への確約書は既に作成されていた。

大学近くの交番での涼真付きの警察官も大柄で優しい人物だったが、今回の涼真付きの警察官も大柄で優しい性格だと涼真は感じていた。そしてその警察官が言った。

「一緒に西部警察署に来てもらえますか」

もしこれが涼真にとって初めてのことだったら「はい」と言って同行したことだろう。ところが前回のパトロールカーでの「交番まで来てもらえますか」との誘導に対し「いいですよ」と言ってしまい大変な目に遭《あ》った。もう同じ目に遭いたくはない。涼真は決心した。

「お断りします。行きません」

すると、涼真付きの警察官はそのまま涼真の側に居たが、もう一人別の警察官が駐車中の警察車輛の方へ行き、車内の二人に連絡した。そして三人で涼真の所へ来て、四人での行動が始まった。車輛から出て来た一人が、読み上げる書類を涼真付きの警察官へ渡した。もう一人車輛から出てきた一番若い男がカメラを用意した。他のもう二人で涼真が逃げないようにした。東部警察管轄下の交番で、涼真がストーカー行為をしないという確約書にサインをしなかったので、今回の西部警察では作戦を変え、涼真付きの警察官が涼真の前で確約書を読み、若い警察官が確約書を聞く涼真の写真を撮るという方法にでてきた。

涼真は彼等の計略に陥らないように行動していった。確約書を読む声が聞こえないように、近くに置いてあったラジオのスイッチを入れボリュームを上げた。警察官の読む声に負けないようにした。写真を撮られないように、体を上下左右に揺らしながら動き回った。若い警察官はシャッターチャンスが定まらずに、シャッターを切ることは出来なかった。他の二人は涼真が逃げないように見張っている。これでは最終的には涼真が疲れ果て、観念することになる。涼真は建物の外に出ることにした。

この建物には出入口が二つあった。一つの出入口に四人が居るので、そこからは出られない。別の出入口から涼真は外に出た。外に出た涼真に気付いた四人が後を追った。涼真は決して走っては逃げない。敵に対して人数が多い時には走ってはいけない。陸上の短距離選手や野球、サッカー等の選手だったら走って逃げ切れるだろうが、普通は走っては逆に危険になる。追い付いた四人は涼真の前に立ちはだかった。涼真にとって都合が良かったことは、涼真付きの大柄の警察官が手に書類を持ち、なんとかして確約書を読もうと必死だったことだった。もう一つ涼真にとって有り難かったことは、若い警察官も必死でカメラのシャッターを切ろうとしていたことだった。その若い警察官が「逃げるのか」と言ったが涼真からすると、その意味がよく理解出来なかった。逃げるのではなく、写真を撮られないようにしているのだった。特に大柄で優しそうな警察官が直接には涼真に攻撃しないのが有り難かった。

一回涼真が危険を感じた時があった。動きながら「背水の陣」という言葉が浮かんだので、五十メートルくらい進んだ付近で壁を背にして闘おうとした。背中の方は建物のシャッターだった。少し焦った。後ろが堅いコンクリート等の壁だったら良いが、シャッターにみんなで倒れ込んだら誰かが怪我をする可能性が高い。急いでシャッター部分から離れた。涼真は前方へ進む。大柄の警察官は涼真の前に出て、確約書を読もうとするが、動きながらなのでそう簡単に読めるものでもない。一番若い警察官はもっと難しそうである。カメラのシャッターチャンスはなかなか定まらない。一番リーダー格の警察官も人柄は良さそうだが、他の三人ほどには威圧感はない。もう一人が厄介だった。まだ警察車輛の中に居た時、彼が外部との連絡を取り、書類も作成していた。涼真に迫ってくる時も機敏だった。リーダーとこの男に摑まらないようにしなくてはいけない。涼真は途中で考えたが、写真がなかなか撮れないのは、涼真が神妙にして反省している姿を撮りたかったからだろう。まさか警察官達に総掛かりで押さえ込まれ、踠《もが》き苦しむ姿を写真に納めてしまったら、それこそその写真の方が逆に問題になってしまう。

もう外に出て、四対一で闘っているのだから、若い警察官が希望する写真はそううまくは撮れなかった。車が数台駐車してある場所まで進んだ。涼真の脳裏には子供の頃の「鬼ごっこ」の遊びが浮かんだ。車の右後ろ側から左方向の車前方へ走ると見せかけて、すぐに右後方へ切り返して逆方向へ逃げる方法である。涼真はそれをやってみた。駐車してある車の右後ろ側から左前方へ急ぐように見せかけ、すぐ右後ろへ戻ってみた。なんと車を挟んで対峙していたリーダー格と機敏格が左車前方へ全力で走った。二人が車の左方向へ行く時、涼真は右方向へ走っていた。そのような駆け引きが続いた。サッカーやバスケットボールの試合で、左へ行くようなフェイントを掛けて相手選手を左側へディフェンスさせて、右側からシュートをするような方法だ。

そのように守備攻撃を繰り返しながら、約百メートル進んだ。そこは丁字路《ていじ》になっていた。涼真は右へ曲がった。その時、右側から電車が通過する音が聞こえた。鉄道の踏切に向かっている。もうすぐ踏切だ。下手《へた》をすると、警察官達の四人か涼真かの誰かが犠牲になるかもしれない。涼真には観念してしまう気持ちはない。浅田真凜の時も、本人は了承してくれていたのに、男子学生が警察を呼んでいる。本田真央の場合も、真央の言葉を聞いて涼真は諦めていたのに、竹内からの連絡を受けた事務職員が警察を呼んでいる。涼真には納得がいかない。国家権力や警察力によって自分の行動を決めたくない。飽くまで、真凜の言葉を聞き、真央の言葉を聞き、そして自分の良心の言葉によって自分の行動を決定したい。涼真は四人の警察官達から自分を守る立場だ。決心した。たとえ五人で踏切に足を踏み入れることになるにしても、このまま進んでいくしかない。

その時だった。リーダー格の警察官が言った。

「退散！」

鶴の一声だ。四人の警察官達は警察車輌の止めてある方向へ向かって帰って行った。涼真はそのまま踏切の方向へ歩いて行った。そしてその日の全てが終了した。

次の日、涼真は久しぶりで大学の図書館周辺を歩いてみた。するとあの大学一年生の頃から娘のように感じていた学生が声を掛けてきた。

「お久しぶりです。最近どうしていたんですか」

涼真が新垣景子と会うのは何カ月ぶりだろうか。二学年の頃までは、二人でよく話し合っていた。春休みに入り二月くらいから会っていなかった。二人共に三学年になっていた。景子は四月初めのオリエンテーションにも参加し、その後の授業も普通に受講していて、二学年までの教養課程から専門課程に進んでいる。一方涼真は四月のオリエンテーションには参加しなかった。でも一応三学年での授業には時を見ては何とか参加していた。

景子と久しぶりで会ったこの日はもう六月になっていたので、二月から五月までの約四カ月間も会っていなかったことになる。心配そうに景子は聞いてきた。

「元気が無いようですが、何か有ったんですか」

涼真は二月から五月までの出来事を順を追って話していった。景子も途中から心配顔となり、涼真の話を聞き入っていた。そして景子はその出来事を小説に書きたいと思った。そして涼真に元気になってほしいと思ったのか、「何ですか」と言って、右手で涼真の左肩をバシッと思いっきり叩《たた》いた。涼真は少し驚き我に返った。

「あっ、そうだ新垣景子が居るんだ」

景子は明るい表情で、

「私の名前を使ったらいいじゃないですか」

と言った。涼真はこの四カ月間、いったいどうしていたんだろうと思った。生命保険の死亡時残金相続人の欄には新垣景子の名前を記入し提出した。そして英語教室が開設出来なかった借金返済の問題も解決しそうだ。

その後涼真の頭に浮かんだのは、本田真央を安心させたいということだった。真央には、東部警察署管理下の交番の件と西部警察署から来た警察官達の件を書き保険関係も全て完了したので、どうぞ心配せずに有意義な大学生活を送ってほしいという内容を便箋《びんせん》十一枚に書き送った。十一枚の便箋を封筒に入れる時、いっぱいに張ってしまい、なんとか封をすることが出来た。

この件が全て無事に終了出来たのは景子の御陰であり、涼真は景子に感謝した。

その日の夜、涼真はいつもよりも早めに床に就いた。「表裏一体」という言葉が頭に浮かんだ。紙幣にも硬貨にも表があり、裏がある。人の心にも表があり裏がある。涼真にとって不思議なのは月にも表があり裏があるのに、地球からは表しか見えないことだ。

人間万事塞翁が馬だ。何が幸せになるか、何が不幸になるか前もって知ることは出来ない。七転びしても八起きしなくてはいけない。警察官も人の子であり色々だ。交番での涼真付きの大柄な人も優しい性格だろうし、西部警察の涼真付きの大柄な人も、一一〇番で通報されていなければ、きっと涼真とも気の合うような気さくな人なのだろう。警察というのは、まずは一一〇番で通報した側に付き、仕事をする。でも人間関係は複雑であり、また仕事の中で発生する事件も実に複雑だ。何の仕事でもそうだが、納得いかない出来事に遭遇しても、我々は一つ一つの難関を走破していかなければならない。

手紙を読んだ真央が連絡を取ってくれたのだろう。その後、西部警察が涼真の調査に来ることはなかった。

その夜、床の中で涼真は子供の頃のことを思い出していた。憧れの職業であった警察官。正義の味方であり、英雄であった。叔母《おば》と結婚し義理の叔父《おじ》となった若かりし頃の警察官。隣の派出所長の娘は、学校は違ったが可愛い同級生だった。大学生時代、二学年年上の先輩はとてもよく涼真の面倒を見てくれた。その先輩は大学院卒業後に警視庁の警察官となり、すぐに結婚もし、子供も授かった。女の子だった。涼真にとっては理想の家族だった。

そのような若かった頃の警察官に対する印象は大人になった現在でも心の片隅に残っている。涼真は東京で就職し、特別に警察官との出会いは無かったが、故郷東北へ帰る決心をする事件があった。就職して、十八年目くらいだっただろうか。

知り合いの一人に高校三年生の女子がいたが交通事故で死亡した。その女子高校生の母親に連絡を取り墓参りをした。実はその時一つの疑問が残っていた。その少女のことは彼女が中学生だった頃から知っていたのだが、両親は涼真のことを既に知っていたようだった。その少女は中学生だった頃から、本当に太陽のように明るい人だった。彼女が高校生になってからは会っていなかったが、高校三年生になっていた夏だっただろうか、偶然に街中で出会った。そしてその日のうちに彼女は交通事故で死亡してしまった。涼真自身も救急車で病院に搬送されていたので、すぐには墓参りは出来なかったが、体調が回復した後、墓参りをして、墓前で涙を流した。その後数回墓参りを続けていたのだが墓石の横の墓碑銘を見て「おやっ」と思った。世の中同姓同名の人はよく居るものである。その疑問を解決したいと思い、その後もう一度少女の母親を訪問してみた。墓碑銘に刻されていた家族の名前について聞いてみた。

「娘さんの上に書かれている方の名前で気になったんですが、ひょっとして娘さんのお父様なのでしょうか」

という涼真の質問に対して母親は答えた。

涼真の不安は適中していた。母親の悲しみは涼真の想像を絶するものだった。心の苦しみを堪《こら》え、なんとか平静を保とうと心掛けてはいるが、その無念さはひしひしと涼真の心に伝わってきた。この女性にとって夫と長女を失くしてしまったが、中学三年生の長男と中学一年生の次女が元気でいて、三人で暮らしていくと涼真に打ち明けた。そして夫の先祖が江戸時代の奉行だったということで、一つのまるで浦島太郎の玉手箱のような漆塗りの器物を涼真に手渡した。涼真にもこの女性の気持ちが痛い程分かり、また墓参りをすることをその女性に伝えた。

この女性の伴侶だった男性は警視庁の警察官で、暴走族の取り締まりに警察官達も集団で対応したが、暴走族の中にもバイクの運転の苦手な若者がいて、警察官達集団の中に突き込んでしまい、数人の警察官が重軽傷を負ってしまった。その時この女性の伴侶は、無念にも殉職してしまったのだった。

数日後、涼真は知り合いだった高校生とその父親の二人が眠る二人の墓を訪れた。持参した花を捧げ、線香に火を付け仏前に供えた。二人の冥福を祈り、その墓石に抱き付き、涼真はいつまでも、いつまでも泣き続けた。娘の名前の上に刻まれていたのは涼真が大学生だった頃、とてもお世話になった先輩の名前だった。

新垣景子の協力で、浅田真凜と本田真央の件が全て解決した夜、早めに床に就いた涼真は、大学生時代の先輩のことや先輩の長女のことを思い出していた。真凜と真央の件が解決したためか、現実とも幻覚とも夢想とも分からない不思議な眠りの中に涼真は陥っていった。

寝床の中で流し続けていた涙が、涼真の周辺から溢《あふ》れ出して増えていった。その涙がもう止まらなくなり、洪水のように増加していき大海となっていった。涼真はその海の中に少しずつ沈んでいってしまったが、不思議なのは水の中でも普通に呼吸が出来ることだった。水面はキラキラと輝いているが、深く深く沈んでいっても深海の暗さはなかった。どこまでも透き通っていて、透明の水の中を下へ下へと沈んでいった。

キラキラと輝き続けている水面を見ていると、二つの物体が涼真の方へ下りてきていた。

「何だろう。魚ではなさそうだ」と涼真は思った。どうやら二人の人間のようだった。どうやら彼らも水の中でも普通に呼吸をしていた。段々と涼真に近づいて来る。知っている顔のようだった。真近まで近づいて来たが、右側が若い男性で、左側が若い女性だった。「二人共に自分が知っている人だ」と思った。男性は大学院時代の先輩だった。女性は高校生の先輩の娘である。涼真は少し変だと思った。親子だから年齢が離れているはずなのに、先輩は二十歳少し過ぎで、娘はもう少しで二十歳という不思議な年齢だった。

先輩は涼真の右脇の下に片手を入れ、片方で涼真の右腕を優しく包んだ。娘は左側から先輩と同じことをした。二人共黙っていた。誰も足で水を蹴らないのに、上へ上へと水面に向かい進み、水面がキラキラと輝いた。そして、なんと三人で水上の空間へと上っていった。

空は碧《あお》かった。以前、テレビで宇宙ステーションから地球を撮った映像を観たことがあるが、その地球の碧さだった。三人の誰の背中にも天使のような翼は無いのに、上へ上へと上っていった。上空なのに寒くもなく、空気が薄くもない。涼真は先輩とその娘の三人で空の中に包まれ幸せだと思った。

―完―

三

以上が私が小父さんから聞いた話を基にして書いた小説です。私の本名は新垣景子ではありません。小父さんの本名も福山涼真ではありません。そして場面に設定した場所も東北ではありません。私も小父さんも馬が好きなので一応東北にしました。北海道だったら広大な印象があるので、乗馬クラブでなく馬術部にして障害物を越えて走る競技的なものもいいかなあと思いました。また、北海道だったら乳牛を飼育し、牛乳を搾取するのもいいですよね。

小父さんの大変だった事件が落着し、私と小父さんとの関係は、また一学年二学年の時のように元に戻りました。小説を書いていて思ったのは、小父さんの言っていた、人間関係は複雑なので難しいというのも少し分かったような気がします。今でもまだまだ小父さんと私の考え方は違っていますが、少しずつ相手の気持ちも理解するようにはなってきています。

一八〇四年に誕生し一八七六年に亡くなったフランスの小説家ジョージ・サンドは次のように言っています。

「簡潔さは、この世で確保するのが最も難しいものである。それは、経験の究極の限界であり、天才の最後の努力である」

私はこの言葉を小父さんに伝えたいのです。小父さんは人間関係は非常に複雑なので難しい、とよく言っています。そして私も段々とそう思うようになってきています。でも、だからこそ私はジョージ・サンドの言葉は大切だと思うのです。私が簡単で単純がいいと言うのは、選挙等です。アメリカ合衆国では、今でもあんな複雑な大統領選挙をしているので、世界中に大きな影響力のある大統領が、アメリカ人の総得票数の中で一番多くの票を獲得した人が落選するようなことが起きるのです。国民の総投票数の一番の得票数の人が落選して、得票数は少なかった人が、選挙制度によって、当選したというのは、やはり変です。国民の総投票での得票数が一番多い人が大統領になるべきです。つまり単純がいいと私は思っています。

平和でもそうです。平和と戦争はどちらが良いか、単純に考えてみると戦争より平和がいいです。正義や制度と平和を考えてみると、正義や制度よりも平和が大切だと思うのです。

法律や制度は国や時代によっても変わっていきます。法律や制度のために平和があるのではなく、平和のために法律や制度はあるべきだと思うのです。正義や制度の名の下《もと》に戦争をしてはいけないのだと思うのです。特に政治に関しては、そのように考えてほしいと思っています。

学校生活も春から段々と夏に向かってきています。空に目をやると燕《つばめ》が飛ぶようになってきています。越冬燕という言葉を聞いたことがあります。四国や九州では冬でも燕を見かけるそうですが、夏を過ごした同じ燕なのでしょうか、それとも夏にはもっと北の地方で過ごしていた燕が、その地方より少し暖かい四国や九州で冬を越すのでしょうか。

燕を見ていた時、私の背中をポンポンと叩く人がいました。振り返ると、そこに居たのは小父さんでした。

「なんだ、小父さんじゃないですか」

と言うと、小父さんは、

「えっ、『なんだ』は酷《ひど》いんじゃないの」

と言って少しがっかりしていました。そして、

「そうだよね。キャンパスで何時《いっ》も私と一緒だと、ボーイフレンドが出来にくいよね」

と言って、納得顔をしていました。

「そうですよ。お父さんと一緒に居る女性に声を掛けて、『付き合って下さい』と言う男性はいませんからね」

と言ってやりました。でも、本当は同年齢の男子でなくても、小父さんと話していると、何となく楽しいのです。本当の父親との会話をしているように感じてしまうのです。

「二〇二〇年には東京オリンピックだけど、その時はもう私達は卒業しているんだよね」

と言いました。そうです、二〇二〇年には東京オリンピックが開催されます。きっと、もっと人工知能を利用して外国人との会話が自由になったり、運転手がいなくても動く、電気自動車が走ったりしているのだと思います。日本は東京オリンピックで、今までよりももっと良い成果をあげたいので、選手の育成に力を入れているようです。小父さんは、

「オリンピックに出るだけで、その選手はその競技能力に天才的なものを持っていて、その上血の滲《にじ》むような超人的な努力をしているので、それだけで素晴らしい、参加することに価値がある」

と言うのです。でも私は、

「小父さんの言うことはそれは確かにそうだけど、私はやはり金、銀、銅のメダルを取っ

てほしいです」

と言いました。すると小父さんは、

「そうなんだよ。オリンピックに参加した選手達の中でも、メダルを取るか取らないかでその選手に対する評価が全く違うらしいね」

と言い、少し寂しそうでした。二〇二〇年の東京オリンピックでは、きっと今まで以上の良い結果が出るのだと思います。オリンピックには冬季オリンピックもありますが、二〇一八年二月には韓国のピョンチャンで第二十三回冬季オリンピックが、三月にはパラリンピックが開催されました。フィギュアスケート男子の羽生結弦選手が金、スピードスケート女子五百メートルの小平奈緒選手が金、マススタートスケート女子の高木菜那選手が金、パシュート女子の高木美帆、菜那、佐藤綾乃、菊池彩花各四選手が金メダルでした。金メダルが四個、銀メダルが五個、銅メダルが四個の計十三個のメダルでした。メダルの話をしている時に小父さんが聞いてきました。

「一から十までの数では、どの数が好き」

小父さんの質問は突然でしたが、単純に私は、

「そうですねえ、一と三ですね」

と答え、

「小父さんの好きな数は何ですか」

と聞いてみると、

「私は三と七かな」

と言うのです。

「ということは、二人は三が共通じゃないですか」

と言ったのですが、三という数は、世間では上中下とか松竹梅とか心技体とか、三つを並べて表現することが多いなあと感じました。メダルも金銀銅の三つです。小父さんの説では、私の好きな一《いち》は競争心が強いことらしいのですが本当かどうか疑問です。また、七が好きなのは男性が多いらしいのですが、女性だってけっこう七を好きな人もいると思います。そして小父さんは言ったのです。

「あの冬季オリンピックでは金メダルが四個で金銀銅メダルの合計が十三個だったじゃない。それまでの冬季オリンピックに比べると一番多く取れたので競技力としては選手達の力が伸びているので、とっても良いことなんだけれど、一般的に数だけを考えて、四とか十三という数は嫌われる数じゃないの」

そう言われてみると、四という数は日本で嫌われる数で、十三という数は欧米で嫌われる数のようです。そして小父さんは言いました。

「日本で四という数が嫌われるのは、読み方が『死』と『四』は同じだからでしょうね。でも二と二を足すと四だから、四はニコニコって考えてみると、にこにこと笑うのだから悪くないんじゃないの」。そして「欧米で十三という数が嫌われるのは、欧米の宗教はキリスト教関係が中心なので、キリスト処刑が十三日の金曜日だったと言われているので、それが原因なのでしょうね」

と言うのです。それで二人で十三という数が良い数だということにしようと決めました。

二人に共通している関心事は自然です。そこで考えたのですが、一年は十二カ月です。地球は一年で太陽を一周するのに十二カ月かかりますが、地球は北半球と南半球で季節が逆になります。北半球が夏の時南半球は冬です。つまり北半球の前期六カ月が南半球の後期六カ月です。またその逆も同じことが言えるので、北半球と南半球の両方を一緒に考えてみると、六カ月が北と南で交錯すると考えて、六という数が地球が太陽を公転する時の数ということも言えそうです。そして更に一週間は七日です。つまり六と七を足すと、十三になるということです。この十三という数は週と年を考えて足した「自然に関する数」ということです。

小父さんが「四」をニコニコと言ったように、小父さんと私の二人で考えた「六足す七は十三になる」という考え方をすれば、「十三」という数は地球の動きと関連するとても良い数になるのです。物は考えようだなあと思います。

二〇二〇年の夏季東京オリンピックでは、様々な競技で更に素晴らしい成績を出していくのでしょうが、夏ですから猛暑での暑さが気になります。そのようなたわいも無い話をしながら、また目を空に向けると、まだ燕がスイスイと飛んでいました。天気も良く空も青空で、燕達も飛んでいるごく平凡な日だったのですが、私もこんな日は好きですし、小父さんも好きだろうなあと想像出来ます。

二人共動物や植物や自然も好きです。どこが違うのかなあと考えていて、ふと思ったのは、小父さんは旧暦で年中行事等を考える傾向があるからだろうかということでした。小父さんに言わせると、二〇一八年の旧暦の元日は新暦では二月十六日だったそうです。三月三日の雛祭りは上巳《じょうし》の節句と言って、二〇一八年では四月十八日が桃の節句だったようで、その頃には京都周辺で桃の花が咲くのではないかということでした。旧暦で考えると、日本の行事は日本の歴史と一致しているようです。

私達が入学した頃は、小父さんは秘密の多い人だと思っていましたが、色々と話をしているうちに、段々と考えが分かるようになってきました。オリンピック等では、スポーツ面で才能がある人が努力を重ね、信じられないような成績を残すということでしたが、他の様々な面でも同じではないかと、小父さんは言っています。二〇一八年二月十七日に将棋界では羽生善治棋士に、囲碁界では井山裕太棋士に国民栄誉賞が授与されましたが、やはりすごい才能を持っている人が努力に努力を重ね、それを長年継続していった結果だろうと言っています。そして近年では将棋界の藤井聡太棋士のような若い人が伸びてきています。私や小父さんのように、あまり才能の無い凡人でも努力を継続していけば少しは良い結果が出るし、小父さんに言わせると、凡人の努力の継続は、それはそれで人生の金メダルだと思っているようです。

でも、もう一つ小父さんに対し、私の心に大きな疑問が残っていることがあるのです。それが小父さんに対しての大きな疑問ではあるのですが、物事によっては聞かない方が良いのかなあということも有ります。まあお互いに気心も知れてきたし、明日あたり聞いてみようかなあと思っています。

次の日も昨日と同じように天気も良く、青空の広がる暖かい日でした。空に目をやるとやはり燕がスイスイと飛んでいます。東京では地方と比べると、雀も少ないし燕も少ないです。でも場所によっては、結構鳩が多いのです。そして東京の鳩は人間に訓《な》れていて、人が近づいてもあまり逃げようとしません。勿論場所によりますが、公園等では餌を強請《ねだ》るのでしょうか、歩きながら近づいて来ます。時々は鳩の集団が、一定の空域を行ったり来たりしています。東京だって空を見上げると鳥も飛んでいるし、白い雲も流れています。キャンパス内の図書館前は芝生も広がっていて色々な花が栽培されていて、学生達も思い思いにリラックスして寝そべったりしています。ベンチも有り、この日も小父さんが腰掛けていたので、横に行って声を掛けました。

「こんにちは。今日もいい天気ですね」

「やあ、こんにちは。本当にいい天気だね」

小父さんも、最近はのんびりとした様子です。

「小父さん、長い間ずっと気になっていた事が有るんですが、聞いていいですか」

小父さんは、少し疑問の表情は浮かべましたが、

「はい、何でしょう。そんなに改まらなくても、何時だって何だって気楽に話してるじゃない」

と言うので、思い切って聞いてみました。

「小父さんとは、図書館の中や周辺で、何でも話し合っていますけど、どうして小父さんは構内の図書館にそんなに関心が有るのですか」

そうなのです。私は小父さんと初めて会った時から、小父さんのこの図書館に対する執着心を感じていたのです。まだ一学年だった頃、図書館内の閲覧室のテーブル上に古めかしい地図を広げ、小父さんは何かを調べていたのです。私と小父さんは図書館で知り合いとなり色々と話をしていく内に、お互いに気の置けない仲と成っていきました。

しかし、閲覧室で私が近づいて行った時、小父さんはその古めかしい地図を、それとなく私に見せないようにした時があったのです。私としては、「何の地図だろう」とは思いましたが、その当時は、「あまり無理に聞いては悪いかなあ」と思ったものでした。そしてずっと、「一体何の地図だろう」と思い続けていました。その頃から、小父さんは秘密の多い人だと思うようになっていたのです。小父さんは答えました。

「この図書館に関しては、他の人には話したくないことがあってねえ」

と少し考えていました。

「でも、あなたにだったら話してもいいかな」と言って、「一学年の頃、あなたと出会ったのはこの図書館の中だったじゃない。あの頃、テーブルの上に古い地図を広げていたのを憶えているでしょう」と続けました。

小父さんの話は次のような内容でした。

小父さんの知り合いの女子高校生が交通事故で死亡した時、墓参りをしたのですが、その際彼女の墓碑銘の名前の上に、大学時代の先輩の名前を見付けたのだそうです。それで再度高校生の母親の所へ行き尋ねてみると、まさに先輩本人でした。高校生の母親は、大学院卒業後すぐに結婚した先輩の奥さんでした。奥さんも小父さんの事を、以前からよく知っていて、先輩が所有していた物だったと言って、まるで浦島太郎の玉手箱のような器物を小父さんに託しました。そして数日後、その器物の蓋《ふた》を開けてみると、中に古い地図が入っていたのだそうです。

小父さんは、それから江戸時代に書かれたらしい地図を基にして、現在の東京の地図との位置関係を調べていったらしいのです。江戸時代に書かれていた地図は、当時の大判、小判や、その他の宝を埋めた場所を示した地図だったのだそうです。地図の場所を調べていくと、私達の大学に行き当たったのだそうです。更に詳しく調べていくと、図書館がその場所でした。小父さんの発言によると、動機が不純らしいのですが、小父さんは財宝の地図を確認させるために、私達の大学に社会人入学をしたのだそうです。私もこのことは動機が不純だと思います。

しかし、図書館の書架の書籍を調べても、財宝が存在していたのかも、発掘されたのかも全く分からなかったのだそうです。財宝の埋められた場所は、この図書館の下らしいのですが、建築工事中にそれが発見されて保存されているのか、或《あるい》は全く工事中に気づかれずにそのまま工事が続き地下に埋蔵されたままになっているのかも分からずに迷宮入りとなってしまったのだそうです。

小父さんは、私達の人生とはそんなものかもしれないなあと思っているらしく、私も人生とはそんなものかもしれないと思うようになってきました。小父さんは空を見上げて、

「あっ、燕が飛んでいる」

と言いました。雨が降る前は、燕の飲み込む餌の虫が地上近くを飛ぶので、燕も底く飛び、晴れの日は虫が地上高く飛ぶので、燕も空高く飛ぶのだそうです。私も小父さんの発言に触発されて空を見上げました。燕が空高く飛んでいました。そして、その上の青い空は、どこまでも高く続いていました。本当の父親と一緒に青空を見上げているような気がして、私は幸せを噛《か》み締めていました。

完

あとがき

世界中の国々で戦争をするよりも、平和な世の中が良いです。人間関係でも諍《いさか》うよりも、みんなで仲良く生活した方が良いです。それなのに、現在でも過去においても、戦争や諍いは絶《た》えません。

主人公の女子大学生は「正しいと思うことに向かって真っ直ぐに進むべきだ」と言いますが、小父さんは「人生は複雑で、単純ではないので、難しい」と言って、自分の行動が他人に誤解されたり、人生は思い通りにはいかないと嘆《なげ》きます。多くの人々が、生きていく中で苦しいことや大変なことがたくさんあるのだと思います。平穏無事な毎日だけで一生を生きている人は、おそらくいないのではないでしょうか。この作品では、平安であってほしいと思っていても、現実には苦難の連続であるということを書いてみました。

地球上では、地震や津波、豪雨や火山の噴火等、さまざまな自然災害が発生します。しかし、宇宙に目を向けてみると、天の川銀河の隅《すみ》に太陽系があり、その中に私たちの地球があり、宇宙空間から見た碧《あお》い地球は本当に美しいと聞いています。このことは何としても作品の中に書き込みたいと思いました。

人は考えていることを、言葉や声を使って伝えることは大切だと思います。もし作品として文字で書いておくと後《のち》に、「あの頃はこんなことを考えていたのだなあ」と思い出せるのではないかと考えています。

拙《つたな》い作品を読んで下さった皆様、有り難うございました。そして、出版に際し、川口敦己社長をはじめ鉱脈社の多くの関係者の方々にお世話になりました。有り難うございました。読者の方、その他すべての方に感謝します。

二〇一八年五月吉日

服部　達和

服部 達和（はっとり　たつかず）

著書『生きる　女優吉永小百合が中学生だった頃
一体誰を好きだったのか』（2012年　鉱脈社）

景子の碧い空

二〇一八年五月二十八日初版印刷
二〇一八年六月　九　日初版発行

著　者　服部 達和 ©
発行者　川口 敦己
発行所　鉱　脈　社
〒八八〇－八五五一
宮崎市田代町二六三番地
電話　〇九八五－二五－一七五八

印刷
製本　有限会社　鉱　脈　社